나비가면

박지웅 시집

문학동네시인선 157 박지웅

나비가면

시인의 말

저세상과 섞여 있는 이 세상의 해안선으로
밀려오는 가면들
그중에 하나를 쓰고 살아간다

이 삶이 보이지 않는 것에 시달리기는 해도
행복하게 견디고 있다

그쪽만이 아니겠으나
남쪽에서 혹은 나비 쪽에서
빌려온 구절들을
제 살던 하늘땅으로 돌려줄 때가 되었다

내려놓으면 날아갈 것이다

2021년 8월
박지웅

차례

2부 별로부터 나는 얼마나 오랜 뒤의 일인지

3부 검은 하느님이 달아나고 있다

1부

가끔 다 타지 않은 편지가 나왔다

흰색 가면

어수룩한 개는 아무거나 주워먹었다
쥐약과 건넛산에 놓인 달을 잘 구별하지 못했다
달이 어렴풋이 뒤뜰에 지면 홀린 듯 달려갔다
키우던 개와 닭은 주로 화단에 묻혔다가
이듬해 유월 머리가 여럿 달린 수국이 되었다
둥그스름한 수국 머리를 쓰다듬으면
묶인 새끼들이 먼저 알아보고 낑낑댔다
한동안 흙과 물과 바람과 섞여
백수국은 낯가림 없이 옛집 마당을 지켰다
닭이 다 자라면 날개를 꺾어 안고 시장에 갔다
닭장수는 모가지를 젖혀 칼집만 스윽 냈다
닭이 던져진 고무통 속에서 둥둥 북소리가 났다
피가 다 빠진 뒤에야 잠잠해지는 짐승의 안쪽
잠자리에 들 때마다 머리가 핑 돌았다
핏발 선 꽃들, 힘세고 오래가던 어지럼들
닭 뼈다귀를 화단에 던져주면
수국은 혈육처럼 그러안고 밤새 핥는 것이었다

여우구슬

꼬리가 아직 안 들어왔네
방문을 닫지 않을 때마다 엄마는
여우 눈초리를 올렸다
웃풍 들면 괴이한 꿈을 꾸게 돼
탁탁 문짝으로 아이들 꼬리를 끊었으나
혼이 나도 자꾸 꼬리가 생겼다
대설에도 남쪽은 눈이 오지 않았다
겨울은 길었고 꼬리가 아홉으로 늘었다
목단이불 속에서 꼬리를 흔들며
우리는 전설의 고향을 즐겨 봤다
몇 바퀴 재주를 넘더니
엄마는 금성TV 속으로 들어갔다
아버지도 활을 들고 쫓아갔다
긴 꼬리에 주둥이 괴고 기다려도
아무도 여우골에서 돌아오지 않았다
그해 겨울 쪽방에 눈이 내렸다
몇 개 여우구슬같이 남은 아이들
뒤껼 거무스름한 감나무 속으로 언뜻언뜻
흰 꼬리 치듯 여우눈이 내렸다

새의 훗날

나무가 아름답고 긴 내장을 꺼낸다
제가 뱀인지 모르는 뱀이 제가 나무인지 모르는 나무줄기를 기어오른다

몸통으로 숨통을 쥔다, 뱀은 긴 구멍이다
제가 새인지 모르는 어린 새는 길고 어두운 실개천을 따라 걷다 부리에서 흰 꽃을 피울 것이다

바깥에만 삶이 있는 것은 아니다
제가 새인지 모르는 꽃들이 뱀의 피부에 수놓인 봄날
갈라진 혀끝에서
다시 갈라진 혀를 내미는 나무를 뱀의 어느 날이라 할까

새는 뱀을 통과해 꽃이 되고
뱀은 꽃의 힘으로 기어가 나무로 선다
흙속으로 내장을 밀어넣어
꼼꼼하게 물을 길어올린 나무는 훗날 어린 새를 키울 것이다

그러고 보면 나무는
세상에서 가장 느리게 먹이를 던지는 손이다

봄이 오면 뱀은 등에 꽃을 피우고

길고 부드러운
수천 년의 내장을 흘러다닐 것이다

득음(得音)

미꾸라지 백 마리쯤 넣고 굵은 소금 착착 치면
가마솥은 무거운 악기가 된다

고물거리던 손가락들이 소금 한 주먹에
휘감으며 죽을힘으로 연주를 시작하는 저녁
울림통을 두드리는 마지막 선곡은 그러나 끝내 죽음의 것이 아니다

나는 솥뚜껑을 누르고 있다
살갗을 뜯어내는 풍랑이 몰려오고 몰려가는 풍경과 옆구리가 옆구리를 토해내는 힘을, 솥 안에 분수처럼 터져오른 곡선이 손바닥에 타들어오는 저녁을 누르고 있다

손가락들이 밑에 깔린 손가락을 들추자
죽은 건반이 살아 있는 건반들을 누르고 지나간다
죽어라 살 비벼 만든 마지막 물방울들
그것이 물거품일지라도 뒤척여 깨어질지라도
여기서는 아무도 건성으로 연주하지 않는다
흙탕물을 일으키지 않는다
소름 돋는 연주를 누구도 망치지 않는다

손바닥에 들락거리는 괴이한 둥지의 음표들
온갖 짐승의 발소리로 날갯짓으로 요란하게 변하는 악보

의 허리춤을 쥐고 나는 힘겹게 몸을 비튼다
아, 어느 생계가 저 음계보다 높고 찬란할 것인가

솥 가까이 귀를 댄다
모든 길흉과 생사를 건너온 무심한 악기
악사들이 튕기던 허공도 구기던 바닥도 사라져
환하고 미끄러운 숨통 하나뿐이다

텔레비전은 재밌다

우리는 심심하니까, 불을 붙인다
그러니까 담배는 손가락에 끼운 텔레비전이다

당신은 뒤에서 물고 빨고, 텔레비전은 타고 있다
—너는 훌륭한 꿈을 가졌구나

당신의 입술 사이로 흰 꼬리가 나온다
텔레비전은 맛있다

방안에서 네 개의 다리를 가진 텔레비전을 기른 적이 있다
꼬리는 기와지붕 위로 빠져나와 있었다
영상이 끊어질 때마다
우린 텔레비전의 머리를 툭툭 때리거나 꼬리를 이리저리 비틀었다

텔레비전은 멀리서도 보인다
머리와 꼬리를 따라 우리는 편안하게 흘러간다

텔레비전을 켜면 빈방이 생기고
그곳에서 태어난 영혼들은 종잡을 수 없는 문장을 쓴다
흰 피를 다 흘릴 때까지 살아 있다
아니 텔레비전은 일시적으로 살아 있다

당신은 손목을 까딱거린다
부드럽게
팔뚝에는 텔레비전으로 지진 자국들
화상(火傷)은 화상(畵像)으로 쉽게 연결된다
이런 유의 고정 화면은 채널이 바뀌지 않는다

악몽이라고
나는 생각한다, 그러므로 지직거린다

저절로 풀린 허연 밧줄들이 푹신하게 떠다니는 물속
화질이 좋지 않다
푸른 수면을 올려다보며 추락하는 사람들
끊어진 곳을 향하여 손을 뻗는다

텔레비전은 곧 끊어진다
화면에는 덧없는 장면이 많고
흰 비명을 지르는 입은 묘하게 재밌다

밀대가 가능한 동작에 대하여

첫날부터 바닥을 닦았지요 명랑하게 물먹은 머리채를 앞뒤로 밀었지요 성실하고 지긋지긋한 이 동작은 누가 정한 것도 아닌데 밀대의 방향은 일정하고 밀대는 밀대 안에 갇혀 있습니다 들쑤시며 앞뒤로 움직이는 것 말고 다른 길은 없습니까 생긴 대로 살아야 합니까 죽을 때까지 바닥만 보며 죽어지내야 합니까 우리는 우리를 진절머리치며 머리채를 흔듭니다 밀대가 가능한 동작에 대하여 멀대처럼 서서 아무리 머리를 쥐어짜도 아무리 비벼보아도 우리는 이 근무를 벗어날 길이 없어요 물통에 쓰라린 머리채를 집어넣고 빼서는 꾹꾹 밟지요 옥상에서 머리를 식히는 게 전부죠 얼굴에 구정물을 뚝뚝 떨어뜨리면서, 다소 뒤처리가 우스꽝스럽습니다만. 나는 나를 삐딱하게 세워두지요 흉건하게 뒤집어쓰고 또 시름시름 마르겠지요 거꾸로 기대서는 맹랑한 자세는 밀대에게 배웠지요 희망적인 구석이 있는 역류의 자세라고 위안을 삼지요 여하튼 어렵게 직원으로 태어난 마당에 서로 물먹고 물먹이면서 명랑하게 때로는 맹랑하게 우리는 매일매일 밀대가 되어가는 것입니다, 바닥의 이름으로

잘 가

여자의 혀는 정직하고 차가웠다
입에서 나오는 가장 낮은 온도 잘 가
마트에서 구입한 제품처럼 건넨 잘 가
나는 잘 가를 받아 냉장고에 넣어두었다
앞뒤 잘린 토막의 말
잘 가는 피가 빠지는 데 몇 달이 걸렸다
몇 달째 꿈쩍하지 않는 잘 가
가끔 이름을 불러보았으나
잘 가는 선뜻 나오지 않았다
고깃덩어리로 썩어가는 잘 가를
꺼내어 몇 번 삼키려 했으나
오래된 관처럼 입이 열리지 않았다
냉장고는 온통 사후의 세계
나는 냉장고에 심장을 넣고 기다린다
내 혀는 아직 핏물이 덜 빠졌다

이발사의 세번째 가위

평생 남의 뒤에서 살았다
이발사는 뒤에서 웃는 직업이다

이발소로 흘러든 것이 구름이라도 깍듯이 대접한다 등 굽은 이발사는 낙타 뼈로 깎은 빗과 세번째 가위를 들고 벽에 길게 덮인 거울로 들어간다

대개 구름은 희미한 머리카락을 가지고 있다
머리칼을 칠 때마다 약간의 물소리가 빠져나간다

손님과의 대화는 다 뜬구름 잡는 소리, 가위는 은빛 날개를 한 비행기처럼 구름 속으로 사라졌다가 나타난다 그때마다 구름은 머리채 부드럽게 흔들며 눈을 가늘게 뜬다

가죽의자에 얌전하게 앉아 있는 듯하지만
이발 보자기 걷으면 구름은 어느새 걷히고 없다

뭉클하게 잘려나간 것을 쓸어모으면
바닥에 낙타처럼 웅크린 것들은 파랗게 눈뜬다

일찍이 이발사는 부모가 솜구름을 타 이불 속에 숨기는 것을 알았다 어린 그는 자주 울면서 농에 들어갔다 거기에 아이들이 꽃다발처럼 이마를 붙인 채 울고 있었다 뭉게뭉게

어둠과 뭉쳐진 무늬들이 목관에서 흘러나갔다

낙타는 등에 구름을 얹고 산다
베두인들은 비가 꼭 필요해지면 낙타의 혹을 찌른다

구멍에서 흘러나온 검은 구름을 마시는 꿈에서 이발사는 세번째 전생을 보았다 그 생애에서 그는 나무피리로 흰 낙타를 불러 구름을 꺼냈다 죽은 것의 눈꺼풀 위에 돌을 얹고 한 줄로 된 현악기를 켜며 저 낭떠러지에 떨어진 쓸쓸한 음악을 한 번은 찾으러 가야지 마음먹었다

이발사가 묻힌 창에 몇 개 구름이 돌처럼 얹혀 있다

놋쇠황소

놋그릇에 뼈다귀 하나 건져내
나는 구석구석 빠는 놈, 나는 허둥지둥
빠는 놈, 나는 침을 묻히는 놈

밥뚜껑에 쌓이는 뼈들
한때 소의 한 축이었으나 그림자도 없다
세상에 무덤덤한 일이 어디 있나
소에게는 놋그릇 속이 생지옥인 것을

옛 팔라리스왕은 나를 놋쇠황소에 집어넣고
배 밑에 장작을 쌓았다 불을 땠다
내 몸에 있는 춤을 모조리 꺼내었다
훗날 왕도 놋쇠형틀에 들어와 춤을 추었다

뼛국물을 들이켜며 뼈도 못 추린 이야기나
국물도 없는 생을 떠올리다
저세상 바닥까지 깨끗이 비우는 게 산목숨이라니

그럴 줄 알았다
여기가 지옥이다

벽에는 도가니탕 얼마 꼬리곰탕 얼마 수육 얼마
망자의 가격이 매겨진 비문을 훑으며

입을 벌린다, 아
나는 어쩌면 내 뱃속을 돌고 돌았던 걸까
밥자리에 다소곳이 따라붙은 놋쇠그림자

오래전 나는
내가 살아 있는 것에 반대하였다

사흘

문상객 사이에 사흘이 앉아 있다
누구도 고인과의 관계를 묻지 않는다
누구 피붙이 살붙이 같은 사흘이
있는 듯 없는 듯 떨어져 있다
눈코입귀가 눌린 사람들이
거울에 납작하게 붙어 편육을 먹는다
사흘이 빈소 돌며 잔을 채운다
국과 밥을 받아놓고 먹는 듯 마는 듯
상주가 사흘을 붙잡고 흐느낀다
사흘은 가만히 사흘 밤낮 안아준다
죽은 뒤에 생기는 사흘이라는 품
사흘 뒤 종이신 신고
불속으로 걸어가는 사흘이 있다

속상한 일

나무에 소금 먹인다는 말을 들었다
뿌리둘레에 소금 자루를 묻어놓으면
천천히 독이 퍼지면서 비실비실 말라버린다니
참 못할 짓이지 싶은데
마음 구석에 슬쩍 생겨난 소금 한 자루
자루 입을 몇 번 풀었다가 묶었다
맹지에 길 내자고 소금 자루 메고 가
산어귀 나무에 흰 고깃덩어리를 먹였는데
기다리는 비 한 방울 없더란다
걸핏하면 빌고 야심차게 기도하는 것도 참 몹쓸 짓
물을 켜도 혓바닥이 비실비실 마르더란다
가슴 한쪽이 쓰라리더란다
치워도 꼭 그 자리에 소금 한 자루가 터져
악독하게 소금을 치더란다

갈치는 어디에나 있고

백중 무렵 물속에 서서 다니는 물고기를 볼 수 있습니다
남해 앵강만(灣)에서 보았습니다
저물녘 드는 물을 들여다보는데 쑤욱 칼 한 자루 올라오는 것이었습니다
꼿꼿이 겨누었다 거둔 것은 틀림없이 칼이었습니다
물속에 어떤 생산자가 있어 쓱쓱 날을 갈다 달빛에 스윽 들어보는 것일 테지요
다 되었는지 그러다 저도 놓쳤는지 가라앉은 뒤로는 아주 드물었습니다
팔을 걷어붙이려다 달의 혈관이 수면에 도드라지기를 기다렸습니다
남해 앵강만에서 들었습니다
굶주리면 칼끼리 잡아먹기도 하는데 부러진 칼이라도 여차하면 허를 찔립니다
날카롭게 뜨겁게, 살고 있습니다 살아내고 있었습니다
이것은 드물지 않은 생사의 일
매듭짓는 것도 일을 푸는 것도 번번이 한칼이라니
잘 벼린 칼 한 자루 얻는 것이 이맘때 누리는 낙이라면 제법 진지한 낙이겠지요
구름 터진 사이에 백중달이 열렸습니다
도어(刀魚)는 손맛보다 눈맛이라더니 달빛이 넓어지자 다 보였습니다
물밑에 환하게 서 있는 칼 수백 자루

별에서 자꾸 석류향이 났다

노을과 나는 피 한 방울 섞이지 않았거늘
그것이 이리 좋아서 눈이 물렁해질 때까지 겨워하였다

남해 하늘 속으로 아물듯 박새가 사그라진 저물녘

한 사오 리 걸었을까
붉고 쓸쓸한 잔등 쓸며 가까이 걸었을까

쓰다듬은 손바닥에 몇 구절이 피어서 지고
난 지 열이레 어린 석류가 놓여 있었다

키스는 촛불보다 오래 켜져 있고
살 한번 섞지 않은 별에서 자꾸 석류향이 났다

가끔 타지 않은 편지가

산 자들이 쓰다 버린 문자는 무당이 주워 쓰거나 귀신이 드나드는 통로가 된다

숨결을 타지 않은 말의 육체가 사라지듯 지하에 묻힌 말도 불러낼 수 있다 그것을 아는 자는 글씨를 함부로 땅에 쓰지 않았다 망자로 이야기꽃 피운 자리는 불을 질러 귀문(鬼門)을 닫았다

불탄 자리를 뒤적이면
가끔 다 타지 않은 편지가 나왔다

아이들은 글씨를 주머니 깊이 넣어두었다가 먼저 잠든 사람의 머리맡에 몰래 뿌리곤 했다 미처 하지 못한 말 닿지 않은 글이 귓속으로 들어가면 꿈자리가 사나웠다 귀신과 공모한 아이들은 쾌활했으나 비극이란 애초에 모두 즐거움이었다

어떤 불행은 등잔불도 켜두지 않았으니 그는 자기도 모르게 일어나 까마귀처럼 웅크리고 꿈을 꾸었다 흰 나무의 미간에 푸득거리며 떨어지는 꿈, 저승은 봄이었다 귀신들이 꽃잎으로 나무의 말을 헤아리는 밤이었다

쓸쓸함을 열고 까악까악 우는 백목(白木)의 숲

그곳에는 꽃으로 가려놓은 함정이 있다

꿈에 덮인 꿈을 잘못 밟았다가 더 깊은 명부로 떨어지면 지층 사이에 버려진 집터가 나온다 다만 흐린 초성(初聲)으로 남은 길과 벽과 사방, 재가 된 방 안에 들어서면 시커멓게 바스러지는 발바닥

어떤 꿈은 몇 번이나 관(棺)을 지나서야
바깥으로 나올 수 있다

그는 누구도 입에 담지 않았던 방언을 중얼거린다 무명(無名)에 입술을 댔다가 지하의 글자들이 입속으로 흘러들었기 때문이다 목젖으로 올라오는 누군가의 혀들, 귀문에서 되살아나 흩어지는 홀씨들

천직

글자 속에도 철사가 있어 끊고 구부릴 수 있다
내 공구함에는 굵기와 용도가 다른 철사들이 있다

서쪽 산에서 하루 한 번 붉은 철사를 얻을 수 있는데 땅거미의 방적돌기에서 몇 가닥 받아온 것이다 공중에 내려놓으면 태연하게 떠 있는 철사도 있다 수리 깃털에서 얻은 양력(揚力)으로 쓴 문장은 영혼이나 바람을 대할 때 가끔 꺼내어 쓴다

드물게 물고기 뱃속에서 날카롭게 휘어진 자음이 나오는데 손끝만 스쳐도 속이 뜨끔하다 손가락질에서는 불쾌한 철사가 나온다 풀 따위에서 나온 무른 철사는 잘 휘어 쓰임새가 많고 푸른 철사는 수평선에서 일부 끊어 쓴다

각진 철사도 요긴하게 쓴다 대부분 모서리에서 얻는다 모난, 솟은, 외로운, 녹는, 흐르는, 젖은, 글자들의 맥을 짚어보면 힘줄과 숨결이 잡힌다 그러니 글자의 피복을 벗기고 철사를 함부로 빼고 이을 수 있겠는가

물이라는 한 글자 엎질러놓고 다 마를 때까지 뼈 하나 추려내지 못했다 사흘 밤낮 장마를 철망처럼 덮어쓰고 나는 불편했으나 불행하지 않았다

별은 철사 하나 지상에 꽂아 딱 한 줄 쓰고
수억 년 빛난다

붉은 비 혈석전각

작살 맞은 공중은 보이지 않지만 작대기를 부여잡고 지상에 떨어진다 찔러도 피 한 방울 안 날 것 같지만 공중도 피를 흘린다 등인지 옆구리인지 쏟아지는 공중의 선혈은 흰 듯하지만 과녁에 문득 선홍빛 꽃이 서는 것은 봄밤에 주로 있는 일, 그 핏방울에 명주실 꿰어 돌에 묶어 사나흘 기다리면 돌 속에 무늬가 들어온다 혈석(血石)에 바람을 앉히거나 고래를 들일 때에는 촌철(寸鐵)로 틀림이 없이 공들여야 한다 돌을 잘 비워야 돌 면에 바람이 붙는다 나뭇잎이 적당히 비벼진 바람소리가 날 때 철필(鐵筆)을 거두어야 바람결이 깃든다 본디 좋은 돌은 물불을 가리지 않고 받겠으나 새김칼 든 손이 깃털 같아야 이를 수 있는 일, 고래 또한 마음이 있는 짐승으로 뭍의 기억을 가졌으니 숨통을 잘 터주어야 전각에 몸을 눕힌다 숨 깊은 돌은 다 하늘이 내리겠으나 돌을 눕히면 드러나는 수평선을 찾는 것은 쇠붓 든 마음의 일, 그 수심(水深)을 보고서야 비로소 고래는 들어온다

금침(金針)

본디 구름은 침술에 밝아
빗소리만으로도 꽃을 일으키는데
오늘은 흐린 침통에서
햇빛 한 가닥 꺼내들더니
꽃무릇에 금침을 놓는다
무형무통(無形無痛)한 구름의 침술은
대대로 내려오는 향긋한 비방
백회로 들어가 괸 그늘 풀어주는
산 채로 죽은 곳에 이르는 일침
꽃봉오리 하나 달이는데
먼 별과 행성이 눈 맞추고 있다
그 아득한 손길을 지나
바위 한 채 열고 나오는 산꽃 하나

아무도 믿지 않아 모두가 버린 이야기

그러고 보니 저것들이 다 그물이다

오리나무 서어나무 수양버들 모두 공중에 던져놓은 그물이다 빗방울과 흙을 넌지시 이겨 엮은

잔물결에서 건진 종소리마냥 부드러워 놀라는 새 하나 없는 그물이다

그 일이 대수롭지 않은 듯 그는 새를 꺼낸다 동박새 어치 황조롱이 할 것 없이 하나둘 바깥으로 날려보낸다

봄 공중에 던져 늦가을에 거두는데 다 헐은 그물 안에 든 것은 몇 개 깃털과 먼 것들뿐

그러고 보니 공중만이 아니다 빈 바닥에도 그늘을 던진다, 어깨에 그물 한쪽을 가지런히 걸고 멀리멀리 펼쳤다가 초저녁이면 동산으로 슬그머니 흘린다

그물은 바닥을 폭 안고 더 밑바닥으로 가라앉는다 한 발 슬쩍 밀어넣었다가 이듬해 봄까지 속수무책 끌려들어간 일은 아무도 믿지 않아 모두가 버린 이야기

폭신한 배꽃에 감겨 발 하나 나룻배로 흘러간 것인데 봄을

꼭 그러안고 나는 흰 새떼에 섞여 날아오른 것인데

먼 곳들이 본디 먼 것으로 줄지어 빠져나가도록 나무는 아무 일도 하지 않는다

뜻밖의 세계

화장은 제 얼굴에 정성껏 편지를 쓰는 일

화장하는 여자를 곁눈질하다 손거울에서 눈이 마주쳤다 미처 빠져나올 틈도 없이 갇힌 내 얼굴에 파우더를 두드린다 얼굴이 뜨지 않게 거울에 꼼꼼하게 펴 바르는 여자는 잔잔하다

어떤 타계의 탁자에 백자처럼 놓여 있는 머리, 어쩌면 거울에서 나는 다시 시작할 수도 있을 것이다

너무 가까운 거리에서 비껴간 당신처럼 속눈썹에 앉은 글씨들은 읽을 수 없다 어떤 글씨에서는 기차 소리가 들린다 나무 사이로 휘파람처럼 사라지는 기차

여자가 정성껏 입술을 옮기고 있다
내 입에 다른 입술을 붙이고 몇 번 다물어 맞추더니 거울을 닫아버린다 내 얼굴을 가방에 챙겨넣고 경쾌하게 일어난다

거울은 얼굴이 내리는 낯선 역
나는 그 역명을 끝내 읽지 못했다

맹지(盲地)

남해에 땅 보러 갔다가
땅값이 비싸 구름만 보고 왔지요

공중의 부동산들은 아름다웠지요
수백 군데 필지를 둘러보았지요

구름까지 길이 난 푸른 금산 자락에
홀린 듯 풀어진 노을이라니

마음에 드네요 저 땅 위치가 좋네요

중개인은 지나치게 정직했어요
구름은 모두 맹지여서 팔기 어렵다네요

토지대장을 떼면 글씨들이 삐뚤빼뚤 흘러내렸고요
소유주는 아마 비와 휘파람과 들꽃 같았어요

들어가는 길도 나오는 길도 없이
두근거리거나 수군거리는 흰빛의 땅

살구 같은 달이 뜨면 맹지가 눈을 뜬댔어요
드러난 길로 새들이 쏟아지기도 한댔어요

2부

별로부터 나는 얼마나 오랜 뒤의 일인지

누군가의 남해

꽃분을 깼다 삽시간에 신발 벗겨진 꽃이
바닥에 나동그라졌다 꽃은 생전 처음 제 발을 보았다
사막으로 쫓겨난 쓸쓸한 발이었다

마당 밖에 맨발로 내쫓긴 날
나는 풀어진 보자기 같은 발로 꽃나무까지 걸어갔다
발등에 하염없이 꽃그늘을 얹도록
아무데도 갈 곳이 없었다

언젠가부터 길을 두고 머뭇거리는 일이 잦았다
하지 말아야 할 말들을 밀어내느라 그랬을 테지만
발아래 애먼 흙바닥만 문지르던 날

나도 누군가의 길을 허물었을 것이다
저 꽃분 속에도 꽃이 연 길이 있을 것이다

가만히 꽃의 발을 모아 신발을 신겨준다
헐거워진 신에 맞추느라 꽃이 뒤꿈치를 몇 번이나 들었다가 놓는다

매실나무 아래 꽃신 한 짝 내려주는데 꽃배 같았을까
목깃에 묻은 흙 털어주니 때맞춰 멀리 나갔던 매실 그늘이 돌아와 닿는다

그늘은 불어나고 더 밀려와 금세 발목까지 차오른다
몇 걸음 물러나서도 나는 뱃전마냥 끄덕거린다

저녁 바람에 문득문득 헐거워진 그늘 사이로 뒤채이며 멀어지는 꽃신 하나
밤새 매실나무 아래를 지나가고 있었다

꽃무늬 흉터

서랍 안쪽에는 세상이 모르는 마을이 있다
속으로 밀어넣은 독백들이 저희끼리 모여 사는 오지

먼 쪽으로 가라앉은 적막에 새들도 얼씬하지 않는
바람마저 알아차리지 못한
그 외진 길에 편지 하나쯤 흘러들었을 것이다

서랍에 손을 넣으면
독백은 내 손을 잡고 아랫마을로 내려간다
그렇다고 나는 믿는다, 종종 과일이 사라지는 것은 마을에서 손이 올라온 것

내가 먹은 그리움에는
왜 뼈가 나올까

누군가 파먹은 사람의 안쪽
가만히 문지르면 흉터는 열린다, 서랍처럼

가끔 그곳에서 곡소리가 난다
고백 하나가 숨을 거둔 것이다

부치지 못한 편지 밖으로 발을 내민 그리움
뼈만 남은 글자들이 꽃상여에 실려 거처를 떠난다, 그렇

다고 나는 믿는다

모든 흉터는 눈뜨고 죽은 글자들
모든 꽃은 죽어서 눈뜬 글자들이다

흑백의 새

흉가였다, 까마귀떼 내려앉는
옛집 지붕에는 저녁보다 밤이 먼저 찾아왔다

뒤뜰에 쌓인 수백 가마의 어둠을 갉던 쥐새끼들
밑바닥이 뜯긴 마음에 한두 줌 풀이 났다

구멍난 집구석을 부지깽이로 푹푹 쑤시면 까마귀들이 깨어나 검은색을 조금씩 옆으로 옮겼다

흰 바위 뒤 흰 소나무 너머 흰 거북, 흰 사슴이 흰 물에 주둥이 대는 자개 밥상 차려두고
부엌에 까마귀처럼 앉아 있던 여자

옛집은 검고 장독간 민들레에 앉은 흑백의 봄은 쥐죽은듯 고요했다 흑백의 새끼들을 치느라 입과 눈에 흙 바르고 엎드려 산 여자처럼

감나무가 있었지만 꽃도 열매도 글썽이다 말았다
가끔 낙동강 둑에 나가 밤새 갈대를 보았다
흰 것들이 무리지어 강 너머 이른 일을 새벽이라 부를까

색깔이 입혀지지 않는 갈대 한 다발, 집에 들인 뒤 그 흑백의 식물에서 자주 안개가 피어났다

그뒤 오랫동안 슬픔의 노른자위였던 태양

흑백의 능선 너머 검은 머리를 풀었다 묶는 집
공중에서 끊겨 풀린 밧줄처럼
까마귀가 까마귀들을 줄줄이 물고 내려왔다

드라이플라워

사람이 드라이플라워로 발견되곤 해
하지만 구급차는 슬픔 따위를 운반하지 않아

물 밖으로 머리 내민 수달처럼
유리창에 머물렀다 말문을 닫는 이웃들

귀성(鬼星)이 뜨는 방위로 피어 있는 망자의 꽃을
치울 건지 키울 건지 생각해, 생각하는 동안

손톱 속 꽃물로 남은 석양이 지고
십일월의 저녁은 검게 포장되어 우리 창에 놓여

우습게도 말이지 우리는 죽은 이를 더 사랑해
죽은 사람은 착하니까
우리는 여태 죽음과 친분을 쌓은 거야
그러니 이렇게 아무렇지도 않게 우는 거야
드라이플라워처럼

왜 사과는 표범이 되었나

사과는 검은점무늬가 들면서 표범이 되기로 했나
내가 한입 베어 물자 사과는 더 크게 아가리를 벌린다
썩어도 준치라더니! 나는 흠칫 물러난다
왜 사과는 표범이 되었을까 아니다
표범은 꼬리를 감추고 내 집에서 사과로 살아온 것이다
내가 칼로 네 동료 가죽을 벗겨낼 때에도
너는 발톱을 감추고 뒤에서 끝내 참았을 것이다
참다못해 오늘 내 목줄을 덮치려 한 것이다
나무를 잘 타는 사과의 피를 받았으니
해 저물녘 나무에서 내려와 구한 먹잇감을 나무 위에 끌어올리고
사과꽃이 질 때까지 그 숨을 핥았을 것이다
온몸의 털을 밀고 포유류에서 식물 열매로 달려
잎사귀 몇 장으로 흉한 몸을 가렸을 것이다
너는 어떻게 그 수모를 견디었나
멸종에서 한 알 사과가 될 때까지

거북의 털

큰바람 긋고 동구에서 거북이 발견되었다 등껍질엔 쓰인 지 오래된 갑문(甲文)이 말라 있었다 천년 묵은 거북은 사람의 말을 하고 몸에서 털도 난다는데 숨죽여 말이 없었다 둘레 한두 발이 넘고 장정이 다 붙어도 일으키지 못해 양동이로 물이나 끼얹을 뿐 그때 적백(赤白)의 글자에서 문득 솔향이 일었으나 죽었는지 살았는지 석 달 열흘 독방에 엎드려 꼼짝하지 않았다 첫서리 지나 부슬부슬 털이 빠져나가도록 그 솔가리로 따신 밥 짓던 마음이 찬밥처럼 내내 넘어가지 않았으나 마흔아홉 번 흰밥과 물을 올린 뒤 남은 숨통을 끊어내었다 첫울음 같은 것을 터뜨리며 신목(神木)은 잠시 일으켰던 몸을 내려놓았다 일생 묻어두었던 뿌리를 들어 땅 위에 털썩, 올렸다 세상에서 가장 느린 첫발이었다 엉금엉금, 죽은 노송도 한 번쯤 새를 향해 걷고 싶었을 것이다

꽃내권역

뒤곁 꽃자리에서 당신이 꺼내 온 꽃신 한 짝

가쁜 품에서 내미는데 죽은 박새였다

심장을 훔쳐먹은 듯 더운 숨을 받은 듯 꽃신은 따스했다

꽃신 벗은 영혼이 얼핏 당신 눈시울에 비쳤으나

그 물무늬도 바람결도 나는 영 모르는 일로 거두어두었다

꽃신 한 짝 한나절 댓돌에 두었다가

가끔 낮달이 앉는 살구나무 눈썹쯤에 올려두었다

머지않아 발이 꼭 맞는 허공이 올 것 같았다

입속에 먼길이 생겼다

당신을 보내고 종유석처럼 서 있었다
그리고 먼 동굴이 되었다

말문 한번 여는 데 천년만년 걸리는 입이 되었다
내 입속에 먼길이 생겼다

지금은 말할 수 없다
입안은 다만 내생(來生)과 연결되어 있다
먼 훗날에도 오지 않을 먼먼 훗날에
이 쓸쓸함은 발견되리라

목울대에 희미하게 비치는 한 방울 유골, 한 알의 누(淚)
똑, 똑
떨어진 바윗물은 흰 어금니가 된다
캄캄한 잇몸에 아물지 못한 말들이 자라고 자라
한 겹 한 겹, 솟을새김 올리는 액체의 뼈

동굴 천장바닥에 맺혀 글썽이는 눈알들
당신의 늑골에도 눈감지 못한 것들이 이리 자라는가

한 방울의 전생(前生)을 데리고 와 한 방울의 전생(全生)
위에 내려놓는 일을 나는 사랑했으니
입속에서 살아가는 것들의 목록을 헤아리는 가을이 북쪽

으로 서쪽으로 만 번쯤 흩어진 뒤
동굴은 육신 다 비우고 목젖만 남기었으니
나의 말은 야행성으로 태어나리라

어쩌다 나는 뜨지도 감지도 못하는 말을 품었나
들숨 날숨이 빚은 한 섬 여덟 말의 사리를 훔쳐 이 행성의 밑바닥으로 내려왔나

먼길이 생기고 입속에 가을이 들어온다
늑골 아래 넓디넓은 데 들어와 그것들이 뼈를 묻는다

찬밥

나 세상에서 가장 오래된 엄마라는 가엾은 풍습을 아네
나를 낳은 뒤 나의 백성으로 살아가는 여인

오늘은 목단이불 귓불까지 쓸어올리고 잠든 섣달
흰머리 쓸다 설워진 이야기도 어느덧 늙어

안을수록 흘러가는 당신에게 깃들던 아득한 열 달

새끼와 입맛 맞추느라 입덧하고
살과 뼈를 밀어올려 내 보금자리 마련한 날들

몸속에 불 놓아 심장을 짓고 몸안에 기러기 풀어 피붙이 눈을 띄우던
한때 당신은 네 개의 무릎을 가진 건강한 짐승이었네

눈 내리는 섣달 밤바다와 한 이불 쓰고
가랑이로 고래 드는 꿈을 꾸는지 스물여덟 새벽으로 돌아갔는지

이부자리에 찬밥 한 공기 남아 있네

흰색의 역사

늦가을 공중 흰 숲에 파랗고 파르스름한 길 한 가닥 어림쳐 시오리가량 열리더니 백록(白鹿) 하나 걸어내려왔다 녹명(鹿鳴)으로 무리를 부르자 불현듯 구름을 이루는 기러기, 백리(白鯉), 흰긴수염고래, 흰색을 까마득히 여미며 몰려드는 흰 피를 가진 생물들, 시름시름 무거워진 공중이 더는 견딜 수 없다는 듯 비단산 등성이에 첫눈을 소복소복 내려놓았다 그 흰색의 하류에 갓 젖을 뗀 어린것이 한두 걸음 다가가서는 눈의 새순을 똑똑 뜯어먹는 것이었다 이런 날 천상과 지상은 구천(九泉)을 돌던 영혼과 첫눈을 맞바꾸는데 바람은 또 어디서 흰 관을 짜서 밀고 들어오는지 겹잎을 이룬 화문(花紋)이 구름숲에 내내 어리었다 저 흰색들의 빈소에서 가볍게 수백 번 소복을 움켜쥐던 바람은 추스르는 듯 허물어지는 듯 자작과 북극성 사잇길에 지새우는데 어디로 가는가 흰 눈썹 가진 꽃을 받아들고 웃던 사람아, 목련꽃을 젖병같이 입에 물던 영혼아, 이 모든 흰 것의 가장 깊숙한 별을 가리키던 내 어두운 사람아

수목장

유골함에 드신 지 몇 해
묘원 숲길에서 우연히 만났네

갈참나무 아래
도토리를 안은 예쁜 아버지

죽어서도
열심히 식량을 모으시네

창술

뒷산 기슭에서 창잡이와 마주쳤다

어린놈이 창끝 올려 길 막고 섰는데 서슬 세운 묵직한 본새가 예사롭지 않았다

일순간에 맞선 마음이 뻣뻣이 일었으나 철없는 때겠거니 발길을 물렸다

장대비 몇 곡에 오뉴월이 훌쩍 지나고 훔쳐보았다

창술을 연마하는지 훤칠해진 그는 하염없이 한 자루 창을 뽑아드는 중이었다

들었다, 본디 이들은 창 한 번 다 뽑는 데 백 년이 걸린다는 소문을

느린 창이라지만 모름지기 무딘 끝은 아니어서

낭창낭창 치긋고 내리긋는 창춤에 목덜미 저린 듯 새소리 잦아들고 일찌감치 끊겨나간 구름 한 필 서산에 흩어져 내리었다

무공이 한결 깊어 보였다

흰 눈썹을 해마다 일만 근씩 대숲에 쏟아내는 바람과 일합을 겨루었을까

창공에 쑥 장창을 밀어넣는데 급소 꿰뚫린 듯 바람 속이 서늘하였다

그것이 아름다워서였는지 바람이 물속같이 맑아져서인지 먹빛 그늘에 숨어 나는 숨이 가빴는데

창끝에 꽃 하나 얹는 데 족히 백 년이 걸리는 왕대의 창술은 그때 가장 눈부시다 했다

국자별 창고

남해 초음(草陰)에는 그 계절에 쓰지 않는 별들을 모아두는 돌창고가 있어
돌벽에는 홍역 앓듯 찔레가 불긋불긋 번졌다 지곤 하였다
하루는 별이 붐비는 뒷마당에 섰다가 하늘에서 돌창고로 옮겨지는 짐들을 몰래 풀어본 일이 있다
별 하나와 별 하나 사이마다 몇억 광년의 검은색
별마다 품은 동서남북이 서로 깊고 멀고멀어
닿지 않으리란 걸 알면서도 목덜미 당기도록
그 짐 보따리에 어깨 넣고 휘이휘이 팔을 저어보았다
별로부터 나는 얼마나 오랜 뒤의 일인지
또 당신은 별에서부터 얼마나 외딴 일인지
당신의 아름다운 천체에 넣었던 팔은 돌려받지 못하고 아득히 까마득히 꿈에서 남해로 걸어내려왔는데
그리운 것과 그리운 것 사이에서 나는 태어났고 살았고 밥을 떴고 또
가장 따스하고 쓸쓸하였을 꿈속도 한 목숨으로 다녀왔으니 이제 한 줄도 그립지 않겠다
돌창고 위에 비스듬히 검은 것을 버리던 국자별도

여치

소나기 한 줄 지나간 볕든 마당에 웬 빗소리가 났습니다
여치, 여치였습니다
풀색 화자가 마당을 옮겨다닐 때마다 뒷날개에 숨어 있던 소나기가 후드득 후드득 쏟아지니
풍경의 청자는 망설임 없이 즐거울 밖에요
남해 다정리 마당에서 여치와 떨어져 앉아 있으니
가볍게 마당을 누르는 볕의 손가락마저 선명합니다
여치 앞가슴 아래서 발톱까지 이어진 실낱같은 그림자에 눈길을 옮기는데
햇볕도 마당에 뒷다리를 죽 펴는 것이었습니다
앞뒤 가릴 것 없이 내려온 남해에서 웬만큼 자리잡았는지 여치가 다 보입니다
마을 위에는 큼지막한 햇볕 한 장이 얹어져 있습니다
이제는 발아래도 제법 깨끗하게 보입니다
죽은 나방이 뒤뚱뒤뚱 걸어가고 있습니다 고구마 잎사귀 밑을 지나 나팔꽃 그늘 따라
멀리 먹구름이 입안에 우물우물 소나기 넣고 호구산을 넘어오는데 개미가 되려고 부지런히 살 곳을 옮기고 있습니다
나는 뒷다리 한번 죽 펴고 그 길을 숙여서 들어갑니다

동업

간밤 빗소리 다소 모나고 단단하더니

하느님이 넓고 평등한 농기구로 텃밭에서 동구 밭까지 가리지 않고 촉촉하게 갈아놓으셨다

산자락 다랑논에 물도 대놓으셨다

텃밭 농사 한 해, 하느님과 한솥밥 먹으며 지어보니

있는지 없는지 모를 참 좋은 동업자

첫 별이 까치집에서 내려와 냇물에 스치는 것까지 뵈는 또랑또랑하게 맑은 한밤

손 큰 동업자께서 고랑마다 별을 뿌리고 계시다

백지농법

어떤 문장은 잘 썩힌 뒤 거름으로 쓴다
꽃마다 몰래 밑불 지피는 나비의 심장이라든지
사흘 뒤 살구나무에 얹어둔 편지라든지
자정 이후, 한쪽 눈알은 죽은 자가 쓴다든지
한 줌 그늘에 쓱쓱 비벼 초고에 묻어둔다
가끔 뒤적이며 두어 달 햇빛과 구름에 묵히면
백지에 서서히 체온이 오른다
땅에 힘이 붙었다 싶으면 소매를 걷어붙이는데
실은 백지도 동트고 피가 도는 곳이어서
절로 풀솜대, 승아, 쇠비름, 기린초가 자란다
풀도 오래 두면 영(靈)이 깃드는지
몇 날 며칠 홀려 다니다 입술이 파래지기도 한다
백지 지하를 돌아다니는 혀들이 있어
성근 길에 시달리다 물리는 꿈도 꾸는 것이다
먼저 백지의 마음을 얻지 않고서는
거둘 것 없는 농사, 누구와도 맞들 수 없는 백지장에
한 톨 한 톨 눈 내린다, 지구의 쉼표들
흰 것 하나의 결을 어루만지는 흰 손짓들
어떤 문장은 지하로 걸어들어가 제 썩은 등으로
그해 쓸 봄을 밀어올린다

물방울 속의 코끼리

쪽잠 든 내가 낡은 판자처럼 꿈결에 휘감길 때
간이역 옆구리를 연신 이마로 밀어대는 목련나무

긴 상아에 넓은 귀 펄럭이는 흰 코끼리라는 홀연한 생각
생각할수록 물의 뒷면이 달아올라 끝내 흠칫흠칫 떨어지는데

지그시 물오른 생각의 물방울 하나 이리 들여다보니
나무 바깥으로 쿵쿵 꽃잎은 한 걸음씩 지고

쿵쿵 멀어지는 코끼리가 아니라면 밀려온 빙산 한 채
북극에서 봄날 공중으로 흘러온 목련은 하룻밤에 생겼다가
멀리 사라지지, 쿵쾅거리는 빙하건 물방울 속의 코끼리건

흰색은 뼈의 색, 뼛속에서 자라는 저릿저릿한 폭설의 색
지금껏 몸서리친 내 직장은 백지려니, 어느 잠결에 들었다
종이 속에서 쿠우웅— 무언가 올라오는 소리를

봄은 희고 큼지막한 벼랑을 안고 오는데
그 사이사이 펜 듯 달래듯 맺힌 꽃들이 팔다리에 옮겨 붙어
나는 얼음 같은 글자와 함께 아래로 굴러내려오곤 했다

창가에 곧 터질 듯 물방울의 껍질 같은 달무리와

구겨진 구름 몇 뭉치가 파지처럼 굴러다니는 새벽하늘
옆구리 안쪽에 상아가 백미로 박혀 있곤 했다

하늘처럼

마음이 몸을 몸종으로 대하다가
마음먹은 대로 수족처럼 부리다가

똥 누러 가자

몸이 말할 때
마음이 화들짝 눈떴습니다

세상에 마음잡는 일이 가장 큰일인데
꼼짝없이 잡힌 것입니다

큰일 치르고서야
몸이 붙잡았던 마음을 놓아줍니다

부처님 손바닥처럼 큰 몸입니다
가시는 날까지 제대로 모시겠습니다

파도경전

일찍이 파도는 인간의 눈가를 해안으로 삼았다
오래되었다, 인간이 한 인간의 눈에 빠져들었던 첫날이

은유를 사용함으로써 그는 첫번째 낭만적 인류가 되었을 것이다 눈 속에 은백양(銀白楊) 부리는 파도를 그러모아 연인의 속눈썹에 집을 지었을 것이다 이후 다시 세상에 나오지 않은 일을 일러 사람들은 눈먼 사랑이라 불렀을 것이다

눈을 바친 뒤에야 보이는 집이 있다
손짓이 패총처럼 쌓인 눈을 가진 이들의 거처

눈과 마음 사이에 해안선 하나 길게 이어질 무렵을 그리움이라 부르는가 가슴벽에 흰 피 바르는 백파의 손을 지그시 어루만지는 일을 그리 부르는가

누군가 오래 쓰다듬은 손은 물거품이 되고 누군가 오래오래 바라본 눈에는 해안이 생기는 것

눈감아야 보이는 사람이 있다 눈을 감아야 보이는 눈동자가 있다 그곳에서 우리 백 년도 못 살고 흰 파도에 밀려나오곤 했으니

흉

고무대야에 수백 마리 올챙이를 키웠지요

달이 차면서 그것들은 몸집이 커졌지요 뒷다리 앞다리가 난 개구리들은 엎어진 의자처럼 옥상 바닥에 깔려 있었지요 이따금 비가 오면 장딴지에 힘주어 폴짝폴짝 뛰어다녔지만 새들의 식사거리가 되거나 땡볕에 말라붙었지요

개구리는 마른 물갈퀴를 꼭 쥐고 있었어요 그 쓸데없는 것을 말이죠 입을 열어보니 속이 비었더군요 나는 올챙이 시절부터 잇몸으로 살다 간 것을 숱하게 보았어요

지금도 슬픔과 햇볕을 잘 구분하지 못해요
문틈에 서 있거나 눈을 찌르거나 엉겁결에 안고 잠드는 투명한 거잖아요

그러고 보니 이 가게 햄버거는 두툼한 입술을 닮았네요
입술을 한입 크게 물고 거울로 보았어요
내게 개구리라는 다리 달린 흉터가 있는 것을

나는 물에 젖으면 안 돼요
빗길에 올챙이처럼 어지럽게 흩어지는 그림자들,
갈라진 것과 갈라선 것 사이에서 새어나오는 헛웃음은 어둡고 미끄러운 무늬를 띠고 있어요

팔짝팔짝 지하 계단을 내려가요 목도리로 입을 가리고요
울음주머니는 꾹 닫고 있어요

3부

검은 하느님이 달아나고 있다

편의적 인간

집과 학원 사이에 편의점이 있다
아빠와 엄마 사이에 편의점이 있다
아이들은 여기가 편하고 좋다
낳은 정보다 기른 정이 더 깊다

자기도 모르게 편의점의 피를 가진 것이다

편의점이 키운 닭다리나 빵과 우유를 뜯는
쓸쓸하고 무관한 몇 개의 등
창가의 몇천원짜리 세계를 관람한다

24시간 열려 있으니
우리에게는 여기가 하늘이다
해가 편의점에서 떠서 편의점으로 지고 있다
혹은, 해가 지지 않는 나라

요람과 무덤 사이에 편의점이 있다

젊은 부부가 아이에게 단것을 쥐어준다
편의점은 우리를 달래고 먹이는 양육권자
걸음마를 뗀 인간은 편의점부터 찾는다
아빠와 엄마 사이에 고아가 있다

끼니와 끼니 사이에 있는 것들을
떠올릴 수 없는, 편의적 인간이 웃고 있다

사피엔스의 새벽

본디 새벽은 땅 밑에 사는 짐승으로 눈귀가 발달하지 않았으나 칠흑에 붙은 별부터 잡아먹고 어슬렁어슬렁 산을 내려온다

새들은 시끄럽게 달아난다 까무러칠 일이다 새벽이 산등성이들을 허리 삼아 움직이는 큰 척추동물이라니 육식 채식 가리지 않는 잡식의 위(胃)를 가졌다니

먹어치운다 그것이 무엇이든
농수로에 깨어진 장독 조각이나 물 젖은 첼로 악보, 불이 삼키다 만 삼나무 뿌리, 돼지 똥과 돌창고의 민들레, 평화와 분쟁, 정치와 경제와 모든 군대를 정수리에서 그림자까지

아가미로 때로는 허파로 숨쉬며 새벽은 수변에서 자란다 수풀 사이에 꼬리 감추고 허물을 벗는다 캄캄한 어미 몸에서 나와 제 족속을 머리에서 꼬리까지 천천히 집어삼키는 살모사의 피

새벽은 무족(無足)목에서 맹금류까지 피와 살을 자유자재로 바꾼다 늪지악어로 기어나와 기린으로 일어나 초원을 가로지르고 캘리포니아 산불처럼 산과 산을 날아다닌다

언제부터 새벽은 불길을 잡을 수 없는 미래가 되었나 아

무도. 누구도. 도저히 우리는 모른다. 공중에 깃털처럼 초승달을 떨어뜨리고 지나는 수백 리 폭설이겠거니 했는데 산과 산 사이에 한 양동이 희미한 것을 들이부어 생긴 먼 데 호수인 줄 알았는데

지금은 인류의 이마 위에 깔린 이만 킬로미터의 붉은 댐이 터지기 일보직전. 첫닭 울 때 입가에 핏물 같은 것이 서리더라니 까무러칠 일이다 풍수 좋은 저 아름다운 필지들이 다 피맺힌 하루살이였다니

사회적 새벽

새벽이 본다 나를 본다
어둠의 옆얼굴이 돌아보는데
백안(白眼)이다

메트로폴리스에서 알게 된 장사꾼이 있다
그는 검소하게 살았다 새벽까지 번 돈을 가방에 넣었다
그가 가방에서 키운 새벽을 자랑스레
내게 보인 적이 있다

얼마 전 문자를 받았다
그는 옥상에서 새벽의 창자 속으로 뛰어내렸다
바닥을 핥던 새벽의 혀는 이내 사라졌다

그는 불가침조약을 맺지 않았던 것일까

우리는 모른다
우리는 우리가 식량이다

총명하게 해먹고 부지런히 빼먹는다
빼앗아 비축하고 번식한다
더 파렴치하게 더 교묘하게

생물학적 새벽에서

사회적 새벽에 이르기까지
동맹을 맺을 수 없는
국경 없는 지옥이 몸집을 키우고 있다

새벽은 빈손으로 올 것이다
이 문명의 누구도 전갈을 받지 못할 것이다
문명은 누구에게도
나무 한 그루 보여주지 않을 것이다

태평양 속으로 가라앉는 나라 투발루
우리는 꺼내주지 않을 것이고
나는 너의 집 대문을 찾지 않을 것이다
닭은 울지 않을 것이다
마지막날에 새벽은 빈손으로 올 것이다

유해동물

총 맞은 까마귀가 구두처럼 공중에서 떨어졌다
한쪽 신발만 신고 하느님은 마을 너머 달아났다
가끔 죽은 까마귀가 전봇대 꼭대기에 돌아와 앉는 건
슬픔이 놀라운 기억력을 가졌기 때문이다
금요일 대낮, 엽사가 운전석에 앉아 총구를 겨누고 있다
유해동물 퇴치반에서 활동한 올겨울은 바빴다
오늘 까마귀란 일종의 풍선 같은 것이어서 터뜨리면
보자기만한 붉은 꽃나무가 펼쳐졌다
그리고 굴러나오는 감자 몇 쪽과 소량의 교회 종소리
농작물에 손대다 꼬리 잡힌 것들은 요절이 났다
트럭 화물칸에 실려 있는 몇 마리의 하느님
오 하느님 맙소사!
이 땅에 신의 개체수가 불어난 것이 어제오늘 일인가
앞으로도 퇴치해야 할 신은 많다
주말에 포수는 교회에 나가 하느님을 꼭 껴안는다
하이파이브를 한다 깍지를 낀다 죄는 생각보다 따뜻하다
아니 죄라는 것이 하느님의 일터라면
근무지가 있는 한 출근은 계속될 것이다
캐비닛처럼 세워져 있는 여러 개의 대낮을
우당탕 넘어뜨리며 트럭이 뒤를 쫓는다
검은 하느님이 달아나고 있다

노력

망하기로 작정한 걸까 상호가 깡통인생이다

계세요, 불러도 답이 없다
주인은 정말 깡통이라도 된 걸까

깡통화분에 꽃을 심고 깡통TV에 깡통전세에
깡통으로 먹고살다
어엿하게 깡통으로 일가를 이루었으니
정녕 깡통의 달인이시다

입구에서부터 쌓인 공든 깡통탑들
깡통의 절벽에 홍미로운 그분이 서 있으리라

깡통등불을 따라 깡통의 산을 오른다
발 디딜 때마다 꺼지고 찌그러지는 길
우물쭈물 핀 진달래까지 온통 깡통이다

깡통 속은 검다 탄광처럼 깊은 곳에
떠 있는 황도 같은 달
주렁주렁 양철깡통들을 매달고 허수아비 하나
끈질기게 서 있다

일도 열심히 하고 엄청 착했다

척은 이웃집에 살지만 이웃인 척은 안 했어요
친절과 파괴의 어원은 같아요 요즘은 이웃으로 살지요

척이 방문을 열면 입을 벌리고 나는 빙그르 돌아요
나더러 악어 같대요, 물론 아니죠
침대가 내 구역일 뿐이죠
여기에서는 웬만하면 그냥 넘어가는 법이 없거든요

밤은 내 밥벌이예요, 나는 여권도 없는 스트립 걸
홀딱 벗고 들어갈까요? 사랑이라는 세계 나는 잘 몰라

먼 데를 바라보는 사람은 착하거나 외로워요
인간은 모두 굶주림에서 출발했어요
내가 반한 것은 사랑이 아니라 그가 데리고 온 거짓말

고마워요, 사랑해요
그 말을 들었으니 내 귀는 충분히 잘 살았어요

가을이 등을 돌릴 때 첫눈은 내려요
생년월일이 없는 몸통을 우리는 눈사람이라고 불러요
나는 밤마다 눈사람이 되는 거죠
나에게 오세요, 녹는다는 것이 무엇인지 보여줄게요

딱딱하건 흐물거리건 형체는 중요하지 않아요
풍경과 역할이 바뀔 뿐 악의 질량은 변하지 않아요
일도 열심히 하고 엄청 착한 이웃이여
낯설어도 부끄러워도 마세요

이 세상에 아무도 없을 때라야 정확히 잴 수 있어요
혼자가 되면 내 저울 위에 올라와
영혼에 실린 악의 무게를 달아보세요

숲속의 잠자는 물건들

엉큼하다 나는 목만 내놓았다
아니, 물위에 내 목을 걸어놓고
보는 것이다

눈이 간다, 눈높이로 오가는 물건들

나무굼벵이처럼 꼬물거리는 주둥이 짧은 놈에서 큰 이리
처럼 으르렁대는 놈, 저격수처럼 간신히 머리만 뵈는 놈,
킥보드처럼 싱싱 나가게 생긴 놈, 이미 물건너간 물건까지

목장에서 달아나는 서부극에서도 그랬고 늘 그랬다
남의 물건에 손댄 놈들은 끝이 안 좋았다
노루 꼬리 같은 것을 달고 뒤로 전진하는 마초들 이야기
는 끝이 똑같다
기슭에서 갸우뚱거리는 저 꽁무니들, 까봐야 다 거기서
거기인 물건의 역사는 대부분 외로워졌다
그래서 역사는 후퇴한다

목욕탕에 젖은 짚단처럼 앉은 사람들
비누로 총을 닦고 있다
저기 내 젊은 아버지도 도자기 닦듯 정성을 들이고 있다

짚홰기에 붙은 이삭같이 쓸쓸한 일요일, 물속에서 몸을

긁적이다 문득, 내 취향은 그런 게 아닌데
　당신 물건에 슬쩍 손대고 싶은 살가운 날도 있는 것이다

시가 쏘아올린 작은 공

시가 천 냥이라면 첫 줄은 구백 냥이라지요 시도 타순을 잘 짜야 해요 첫 줄은 밥상 차리는 선수지요 선두 타자 역할은 진루타를 치고 다음 타자는 첫 줄을 다음 베이스로 살려 보내는 거죠 적시타! 흐름을 잘 타야 득점 확률이 높아져요

집에서 출발해 살아서 집으로 돌아오는 경기에서는 길을 잃지 않는 것이 중요해요 만루가 되고 한 방이 필요한 순간이 오지요 출루한 구절들을 집으로 불러들일 홰기포 한 방, 사번 타자가 필요해요 담장을 넘겼다고 안심할 수 없어요 선취점 얻은 경기도 곧잘 뒤집히니까요 눈 깜짝할 새에 엉망이 되어버리죠

조심하세요, 식상한 구절은 병살타를 치니까 팀을 구렁텅이로 몰아넣어요 헛스윙으로 또 평범한 땅볼로 물러날 때 과욕을 부려 태그 아웃될 때 어깨에 힘이 들어가 폭투를 던질 때 이어지는 실책으로 다 차린 밥상을 엎을 때에는 처음으로 돌아가세요 첫 줄과 다시 호흡을 맞춰보세요

조급해지면 질 좋은 타구를 만들 수 없어요 괜찮아요, 원래 시는 날아오는 공이 보이지 않아요 커브 싱커 슬라이더 포크볼 너클볼 실업 불법 광신 살육 인종차별 온실가스 떼죽음 우리의 무릎과 심장 사이에 아슬아슬하게 걸치는 놀라운 구질의 우울과 공포를 뿌려대는 세상의 역투, 그 피할

수 없는 맞대결에서 밥먹듯 삼진 먹으면서 자기만의 타법을 익히게 되지요

시가 홈 플레이트 가까이 올 때까지 달처럼 커질 때까지 시선을 떼지 않고 보는 것 중심을 지키며 스윙은 군더더기 없이 빠르고 부드럽게! 방망이에 딱! 걸렸을 때 알 수 있지요 시가 쏘아올린 작은 공은 그 순간에 보여요 시가 쏘아올린 작은 꽃은 그때 벼락같이 피어요

테트리스 방식으로 말하자면

아귀 맞지 않은 일들이 애물단지로 쌓여 있다
이 바닥은 백원짜리로 지우던 바닥과는 차원이 다르다
궁합이 맞지 않은 대화는 깊어지지 않는다
오늘미
루었던
눈물이
동그라미에 사각을 밀어넣지 마
귀가 맞지 않으면 지워지지 않아 응어리가 돼
너는 팔짱을 끼고 조커처럼 웃는다
내
일의날씨를
견딜수있을
까
나와 세계가 낳은 불구의 아들딸들을 어느 구석에 쌓을까
애초부터 틀려먹은 것과 일그러진 계획들을
오 왼쪽에세워둔어머니의
른쪽에 지
쌓아둔아버지 팡
이
나는 어찌 주워 담을 수 없는 말들을 담아와 이리저리 끼워맞추려 하는가
주저앉고 비뚤어진 밤의 블록으로
엉망진창이 된 꿈의 밑바닥과 불편하게 서 있는 절벽

아궁이 속 장작이 사라지듯 세상 모든 암수가 짝지어 몸
푸는데 왜 슬픔은 암수가 없어 목젖까지 차오르나

그
림
자
들

발목에 붙어 물미역같이 자라는

플레이어

1

죽은 사람 자꾸 불러서 미안해 아빠 며칠만 도와줘 은신한 놈들은 악랄한할배와 발랄한할매야 이 개나리 같은 놈들이 뒤치기 해대는 통에 퀘스트를 못하겠어 나는 나폴레옹인데 북어 대가리처럼 맞았어 부활하면 따라다니면서 패 죽여 내 사전에 불가능이 수두룩해 빡쳐서 돌아버릴 것 같아

2

뒤꿈치가 뜯겨나가 카스테라처럼, 봄은 신분을 속이고 있어 봄의 가죽을 벗기면 그림자라고 불리는 것이 나와 곡괭이 들고 그림자를 묻으러 다녔어 그림자는 살아 있어 이 수수께끼를 풀지 못하면 나는 머지않아 무너질 거야 아빠는 장비빨이 좋잖아 무덤에서 뛰어나와 나는 붉은까마귀언덕 버려진 오두막 뒤에 싸늘히 식어 있어

3

내 코흘리개 쪼렙은 독침을 들고 새를 쫓아다녔어 수줍지만 내게도 꿈이 있어 잿빛늑대의 파릇파릇한 힘줄과 가죽과 새 그림자가 필요해 그것들을 뒤집어쓰고 넥타이를 맬 거야 보기에 멀쩡한 불량배가 될 거야 인간은 생각하는 지옥, 신통력 부려 껍데기를 벗을 수 있겠지 더럽게 징징거려서 민망해 아빠도 골방에서 명대로 못 살았는데 아엠쏘리

4

밤은 내 아름다운 힐러, 송장처럼 걸어와 휴지조각 같은 왕관을 쓰고 봄이 왔어 열구리가 으스러진 구름은 회사처럼 곧 사라지겠지 실업자들은 시계를 고치지 않아 가엾고 딱한 일이야 목련나무가 하현 같은 꽃잎들이 싸복싸복 내려 망자의 옷을 짜고 있어 예술이야 PC방에서 누가 흰 그릇을 깨뜨리는데 소리 하나 없어 환영이지 졸려 눈이 무거워 그만 쓸게

그 많은 뻥들에 대하여

굴다리 밑에서 대포를 쏜다
이 전장에서 배운 건 뻥치는 기술뿐
장터 돌며 뻥치고 살았다
대포 뒤에 숨어 큰소리쳤다

한번은 뻥쳐서 애인을 삼기도 했다
뻥치기엔 옛날이 좋았다
터뜨려 먹는 재미가 쏠쏠했다

사람들은 뻥을 잘 받아먹는다
귀 막고 달아나던 아이들도 결국
뻥을 먹고 자란다
뻥을 모국어 삼아 능란할 것이다

목에 힘주고 살았으나 실은 부풀린 일들
정작 알갱이 하나 없다
구름도 이팝꽃도 모두가 한바탕 뻥,
뻥을 팔자로 여기고 살 뿐이다

철밥통 만난 것만도 행운이라면 할말 없지만
더이상 축포는 없다 딱 여기까지다

며칠 자잘한 슬픔을 모으면 금세 몇 되가 된다

행도 연도 없는 사연이 들끓는 튀밥 기계는
독백들의 화장터인가

말할 수 없는 것을 말하려는 자의 입속에는 눈이 내린다

공갈만 입에 달고 산 원통 속 파열음
꽃들의 귓속으로 날아가는 공포탄, 뻥!

쓸쓸하고 묵직한 거짓말이 울타리에 박혀 있다
세상에서 가장 우렁찬 혼잣말이

나비가면

나비는 평생
흰 눈을 볼 수 없었다

나비가 지고

첫눈에 빠지는
사람들이 태어나기 시작했다

실어(失語)

혓바닥은 말들이 이륙하는 활주로였으나
나는 오래전 나를 폐쇄하였다

마른 입술로 접은 편지도
발 묶인 그리움도 쓸쓸히 먼 일이 되었다

날마다 당신을 선회하다 돌아오던 말
받을 수 없어 나는 집을 비웠다

다시는 내릴 곳을 찾지 마라
나의 상공으로 회항하는 한숨들아

한때 나의 귀는
당신 목소리가 밤낮으로 착륙하는 아름다운 공항이었으나

당신이 폭설에 갇혀 자주 하늘을 볼 때
그날 말했어야 했다, 당신이 보이지 않는다고

당신을 사랑하는 일은 물위에 새를 쓰는 것과 같았다
새는 태어나자마자 물속으로 가라앉았다

서쪽들의 밤

모아둔 편지 상자가 공중에서 쏟아지듯
갈매기들이 왔다

당신은 밀물의 긴 종아리에 손을 넣고
파도에서 태어난 새들의 흰 피를 한 모금 떠내어
내 무릎 위에 올려주었다

저 아가씨는 죽은 사람 아닌가
누군가 혼잣말을 던져도
나는 이제 그런 말에 놀라지 않는다

해면에 붓 하나 가만히 대기만 해도
폭설이 생기는 서쪽
이 겨울로부터 몇 세기가 흐른다 한들
누가 나를 서쪽에서 꺼내주겠는가

생몰년도를 알 길 없는 여백이
얼굴에 자주 한적한 곳이 생기는 것을
어쩌겠는가, 아물지 않는 방향을
손때 묻은 서쪽을 넘기는 쓸쓸한 일을

훌륭한 불행

당신이 보내준 절벽 잘 받았어요
어떤 편지는 아찔하거든요 특히 마지막 줄은 기막히게 좋았어요 그 끝에 부들거리며 서 있다 밑으로 고꾸라지는 꿈을 꾸게 되었거든요

그곳에서 누군가 바위로 눌러놓은 봄을 보았어요
동고비 한 마리 깃 비비고 간 그늘에서 천둥소리가 태어나고 그 찢어진 틈으로 빗줄기들을 수레에 싣고 서쪽으로 다 옮기면 장마가 끝나겠지요

청춘은 성냥개비 같은 어깨를 가졌지요
스치는 대로 불이 붙는 곳이었지요 손짓 한번 조심스럽던 날들 이토록 감싸는 건 내게 당신이라는 훌륭한 불행이 있었기 때문이지요

서쪽을 다 지나온 절벽들이 멈추어 선 곳
찢어 날린 편지가 저녁이 되건 눈보라가 되건 나는 몰라요

데스마스크

운전자가 사라졌다
그림자 혼자 오십 미터쯤 오토바이를 몰았다

어두운 아궁이에 손을 넣어보듯
돌아온 그림자가 자기의 낯을 더듬었다

이미 쏟아져 흘러가는
얼굴

행인은 얼굴을 돌렸다
핸들을 놓친 듯

며칠 뒤 가로수에 해바라기가 걸려 있었다
사내의 얼굴이 피어 있었다
태양을 향해 활짝 터져 있었다

그 일이 며칠 가슴에 들러붙어 피를 빨았다

개 속으로 들어간 사람

두고 보세요, 마음이 갈림길에 설 때 둘 중 하나는 개새끼입니다 우리가 잠자는 방향은 항상 밥그릇 쪽입니다 개 같은 사람이나 사람인 줄 아는 개들의 전성시대입니다 개 목줄을 그러쥐고 개한테 끌려가는 사람들이 보입니다 방금 선글라스 낀 이를 지나쳤는데 개였는지 사람이었는지 또렷하지 않습니다 색동옷 차려입고 미용실로 들어가는 개나 개가죽 덮어쓰고 출랑거린 개 같은 하루, 그러고 보니 내 첫 직장은 개입니다 개는 나의 민족이요, 개가죽은 나의 답답한 국경입니다 사장님이 지켜보고 있습니다 둘러보니 주인에게 꼬리 내린 충견들과 수상한 서열이 있습니다 넥타이를 맨 뒤로 꼬리가 말을 듣지 않습니다 야생으로 돌아가기엔 너무 늙어버렸습니다 개집으로 돌아가는 아버지를 생각합니다 밥그릇을 지키려고 참 무던히도 오래 흔들었습니다 개족보입니다 가끔 옛일을 꺼내지만 다 개소리입니다 그 장면은 오래전에 죽었으니 우리는 우리 삶의 결정에 대해 더는 짖지 말아야 합니다 주둥이는 절규하라고 열려 있습니다

종이 위의 모래의자들

오랫동안 해온 일이다
검은 모래로 만든 의자가 있다

모래 바깥을 쓸어내고 안쪽을 파내고 깎아 일으킨 의자,
그가 만든 의자는 훌륭하다 그러나 아무도 앉지 않는다

앉아보기를 권하지만 그들은 의자가 아니라
의자 그림자에 조심스럽게 걸터앉을 뿐이다 모래 위에 모래들만 앉아 있다

누가 돌을 던진다면
의자는 순식간에 의자에서 사라지겠지만
사실 이 아름다운 의자가
땅바닥이 되는 것을 아무도 원하지 않는다

예술가는 벌써 수십 개째 의자를 만들고 있다 그는 단숨에 의자를 생산한다 간이의자를 놓듯 수월하게
뿌리가 없는 것들

때때로 의자를 집어던지기도 한다
신경이 곤두선 예술가가 무슨 생각에선지 의자 다리몽둥이를 부러뜨리기로 한다

물을 받아와 의자 다리에 붓는다
의자의 일부가 싸늘하게 썩어간다

한쪽 다리를 잃은 그림자가 절룩거리며 의자에서 일어난다 열과 행을 맞추었던 의자들
허물어지며 모래를 쏟아낸다 의자가 의자에서 일어나
입에서 모래를 쏟아낸다

예술가는 구겨진 종이를 손아귀에 말아 쥐고 다시 한번 쥐어짠다
가방을 거꾸로 들어 털고 또 한번 거칠게 털고
자리에서 일어난다

오랫동안 해온 일이다
검은 모래로 만든 의자가 있다

어른이나 당구장이나

어른은 좀 슬픈 직업이지요
여기 규칙은 옷깃만 스쳐도 죽는 것이에요
어른은 워낙 사각지대가 많은 곳이잖아요

우리는 당구장에서 많이 죽어요
하루에도 대여섯 번 아니 더 죽는 예사롭지 않은 일이 예삿일이죠
당구대를 봐요 얼마나 깊고 푸른 천인가요
죽고 사는 일이 다 하늘의 뜻이에요
(이리 쳐라 저리 돌려라 당신, 잔소리가 너무 많아요 혀에 깔려 죽을 것 같아요)

물고 물리고 거꾸러진 걸 꾹 참고 죽은 손을 씻어요
당구장을 나서요, 꽤 어른스럽게
(이제 어엿한 성인의 반열에 오른 걸까요)

쓰린 속에는 내장국밥이 좋죠
죽은 손으로 죽은 입속에 떠 넣을 때마다 혀를 날름날름
입속에서 내장이 손을 벌리는 것 같아요
얼치기 같아요? 가벼워 보여요?

참 아까 죽었을 때
큐대 들고 장군처럼 서 있으면 어쩌자는 거죠

유령의 자세를 알잖아요
사각의 링 밖에는 망자를 위한 의자가 마련되어 있어요
움츠리고 옷의 안쪽으로 들어가면 돼요
스스로 구덩이를 파는 게 우리 전문이잖아요

국밥이 아직 따듯하네요 식기 전에 들어요
남의 속을 끓여서 먹는 게 원래 맛있는 법이죠

다음에는 당구대 위에 반듯하게 누워 천국으로 가요
아니 지금 말고요
남은 이야기가 있겠지만 버스 가기 전에 타요
악수는 곧 버려져요
일회용 비닐장갑 같은 거죠, 싸늘해져요
사각지대예요 먼저 가세요

서점에서 팬티 사기

시집은 팬티가 아닌데 만지기 멋쩍을 때가 있습니다
둘이 닮은 구석이라고는 구석진 자리에 놓인 것뿐인데
서가 돌며 힐끔거리거나 넌지시 보기도 뚫어져라 보기도 하는 이 작전은 비밀이어서 몇 번은 지나쳐야 합니다
얼른 몇 장 집어 나에게 건넵니다 팬티를 받은 듯 좌우를 살핍니다
내가 슬그머니 나에게서 떨어져 섭니다
첫 임무라 민망한지 자꾸 멀어지려 합니다
누구 하나 알아보지도 않는데 모자를 쓰고 있습니다
제 시집을 사는 저자와 독자는 공범일까요 단독범일까요 혹 애인 사이일까요
역시 애인은 바바리맨이었습니다
외투 자락을 펄럭펄럭, 가렸다 말았다 하며 걸어가 계산대 직원에게 그것을 쑥 내밉니다
물끄러미 내려보더니 죄목이 좋네요 했습니다
제목이든 죄목이든 책값이든 죗값이든 치르고 재빨리 나가야 합니다
두툼한 팬티에 다리를 넣고 우리는 헐레벌떡 걸었습니다

4부

누군가 물속에서 등잔불을 흔들듯

백년과 나비 어디쯤에 당신이

나무 가구에 들어간 여자를 보고 왔어요

한 평 남짓 빛은 땅 자리에 흙의 가구(家具)를 내리더군요

백년과 나비 어디쯤에 당신이 살았다는 말을 들었지요

비는 빛나요 귓속에 들인 것마다 눈이 부셨지요

빗줄기와 빗줄기 사이에 핀 것도 진 것도 아닌 꽃이 있어요

발아래 주춤거리는 낡은 그림자가 생겨나요

수몰된 것이 어른거려요 흐릿하고 어두운 당신의 사본들이지요

흙의 행간으로 들어간 당신을 두고 우리는 이렇게 돌아서는 것입니다

어떤 망설임은 육체를 가지게 된다니

문장에 숨겨놓은 애인을 꺼내어 다만 쓸어보겠지요

망설이는 것들은 다 어디로 가는 걸까요

입술에서 멈춘 입술이 내려앉지 않고 다시 새가 되려나 봐요

백년과 나비의 어디쯤에서 한 번은 만나요

혼불들

안(雁) 무리 가운데 흰기러기는 어스름할 적 목련 가지에 내려앉는데 흰 목덜미 구부려 어느 것은 꽃봉오리로 뜨고 어느 것은 문득 눈썹달로 걸리는 바 방향은 모두 목동좌다 새겨올린 듯 희고 길쭉한 것들의 몸은 봄바람에 쉬이 일그러지니 이를테면 기러기의 혼백을 받아먹은 늙은 목련은 귀신 모신 사당도 같아 그 유혹에 들인 발등은 차츰 부풀어 올라 꽃잎처럼 벌어지고 이따금 목련에 여문 물소리가 나는 것은 깃 부빈 활자들이 고쳐 앉는 소리, 열나흘 뒤 높고 흰 문짝이 떨어지면 목빗근 굳게 세운 선두를 차례차례 따라붙는 비행은 멀어져 비로소 고와지는데 저리 수만 리 오가며 꽃과 기러기로 내내 환생했으려니 이를 봄이라 하고 간간이 돌아오지 못한 기러기도 봄이라 하고

밤이 며칠째 가지 않는다

문 앞에 관을 열고 기다린다

생살이 회오리쳐 핀 옹이들,
나무 안쪽으로 걸어들어간 낭자한 꽃의 발자국들
당신은 누군가의 속살을 파고들어
옹이로 살아갈 것이다

옹이는 가만히 듣는 귀 혹은 가만히
보는 눈
부러진 자가 부러진 곳을 오랫동안 살피다 생긴
파낼 수 없는 눈동자

길바닥에 말라붙은 비둘기의 반은 모래가 되었다
남은 반은 옹이로 박혀 있다
제 뼛속을 파고든 새가 지하로 날아간 흔적

구름의 관을 짚고 천천히 일어나는 달
모래와 어둠으로 태어난 옹이가 입을 아 벌리면
수북하게 떨어지는 꽃들, 귀들, 눈동자들
목구멍마다 자라는 추락의 줄기들

봄과 키스와 문득

어느 날인지 모를 그 어느 날
당신께 드릴 봄과 키스와 문득을 준비했어요

여기에서 간직할 수 있는 것은 문득뿐이죠
그래서 문득 생각했어요

이제 그리움을 신이 죽은 자리라 부르자

내가 있는 방은 난방이 되지 않아요
글자를 만지던 손이 차가워서
당신에게 손을 보낼까도 생각했어요

전혀 그럴 일은 없겠지만

장례식장에서 염습하는 것을 보았어요
산 사람이 입김만 불어도 혼이 날아가니 얼굴을 돌려라

늙은 장의사에게 문득 반할 뻔했어요
얼마나 시적인 직업인지요

편히 쉬어요 당신, 키스는 한동안 잊어요
어느 날인지 모를 그 어느 날까지

홍옥

몸에 붉은 도장이 여럿 찍혀 사과나무는 여름 끝물에 도축되지요 사과가 영글던 자리마다 숭숭 뚫린 구멍이 달려요

당신이 쥔 홍옥은 사실 슬픈 거예요
언덕에서 오래 울던 소의 눈마냥

몰아세우듯 베어 물지 말아요 잘 드는 칼을 쓰세요 덮치지 말고 사근사근 홍옥의 옷고름을 풀어요 칼을 들고 사과의 실내로 들어가면 거기 아마 맛있는 침대가 있을 거예요

닿을 듯 말 듯 당신 왼손에서 하얗게 돌아가는 흉터, 사과 밖에서 나는 당신을 공전해요, 오른뺨에서 왼뺨으로 돌아가요

나의 테두리에 누워 내부로 돌아드는 금단의 칼날, 한 알의 허공에서 흘러내리는 붉은 물결, 정말 가려야 한다면 금세 사라질 햇살 한 겹만 입어요

사과가 한번 푼 옷고름을 다시 여미지 않듯
나는 돌아가지 않아요

페루에서 온 시가

이 불의 이름이 뭐죠?

늘씬한 여자가 연필처럼 앉아 허벅지에 새근새근 글씨를 쓴다
가끔 어긋난다
다정하고 거친 획들은 종종 복판에서 벗어난다

여자가 연필을 고쳐 잡는 동안
사내는 천장에 사각의 깊이를 넣고 사각의 물을 채우고 있다
수영장이라고 억지 상상을 하다 받은 질문을 페루에서 온 시가처럼 들고 헤엄칠 수밖에
한 손에 불을 들고 한 손으로 물을 잡은 채 엉거주춤한 배영이라니

침대에 빠져 허우적대는 여자
이상하다, 침대 속으로 가라앉다니 흰 천에서의 익사를 여기서는 저문다고 말해야 하나

불쑥, 베개 위로 솟는 얼굴
질려 있다 숨을 들이켜고 삐걱거리는 물속으로 가라앉다 떠오르는 여자, 자물쇠를 풀고 탈출할 수 있을까
사내는 수십 개의 열쇠를 뿌리는 상상을 한다

여자는 세 개의 얼굴 중 두 개를 사용했다

손 닿지 않은 데까지만 손을 내민다
사내는 처음부터 페루에서 온 시가를 포기할 마음이 없었다
그것만큼 의미 없는 것이 없었으므로
한눈파는 데는 시가가 제격이므로
페루에서 온 시가는 딴 세계로 가는 간단한 방식이므로
볼이 푹 꺼지도록 시가에 담긴 글씨를 읽는다

사내는 멀리 갈 준비가 되었다
여자가 잠긴 수면을 손바닥으로 쓸어준다

이 불의 이름이 뭐죠?

발화의 예

가끔 애인을 데리고 불구경하러 가지요

입동 무렵 흐려지는 산색 다독이려 산자락 따라 들여놓은 푸른 외딴집들이 겨울 끝자락마다 홀랑 타버리는 것입니다
불이라는 지병을 앓듯이

눈비 몇 점 망설이다 어설피 긋는 이맘때
발화점은 여럿, 누가 집주인이라도 손쓸 틈 없이 당할 밖에요

꽃구경 다음 불구경이 으뜸이라도
단칸살이에 불길이 한창 이는데 사람들도 이제 그러려니 하나봐요
앞마당에 서서
번진 불길에 자지러지는 집채를 구경하다 돌아가지요

아무려면 불에게 무슨 억하심정이 있겠습니까마는
불은 태어나자마자 눈 부릅뜨고 궁리하는 듯도 했어요

단꿈을 꾸는 눈이었지요
애인은 즐거워 입을 틀어막았지요

불꽃들은 불길 속으로

불길은 출렁이는 화마(花魔)에 휩싸이지요
나는 애인과 동백 안으로 들어갔지요

불은 불을 안고 익숙한 듯 바닥에 불구멍 내고 핏덩이들을 낳고
첫 숨 고른 뒤 숨쉴 틈 없이 촘촘히 퍼지는데
쌓아둔 책더미로 푸른 옷가지로 물불 가리지 않고 붙어
붉으락푸르락 발칵 뒤집어놓았어요

세월로 곱게 켜 이어붙인 나무벽과 마른 문비 잡고 일어나는
불의 척추를 후려친들 무슨 소용이겠어요
불은 금세 애인의 옷소매를 붙잡고
그러기로 작심한 듯 산속으로 들어가버렸어요

불이야, 불이야!
새라도 살았다면 마룻바닥과 천장을 오가며 외치겠지만
푸른 기둥마다 지펴진 불꽃 뚝뚝, 지는 집에서 뛰쳐나오는 건
목숨 붙은 꽃들뿐

불 없이는 불가능한 가문
연기 한 점 없이 타오른 동백뿐이었죠

흡혈

나무 하나
다 빨아먹고서야 떨어지는

붉은 잎사귀들

포옹

웟돌 아랫돌이 몸을 맞대고 있다

위짝 구멍에 빗줄기가 들어가자 당신은 어처구니를 그러쥐고 지그시 햇곡식을 간다

갓 긇어온 빗소리 한 단과 옥수수밭에서 걷은 구름 한 필, 어둑어둑 젖은 그늘까지 둥글게 문지른다

금 가고 사무친 꿈도 여물게 걸려 홀로 속 끓인 말도 몇 홉 곱게 내려받는다

뒤뜰 달빛 두어 평에서 받아온 이슬 한두 줌 넣다 어처구니없이 해 넘어 잊은 것이 흘러들었는지 한동안 손을 멈추었다

돌의 품으로 쓰다듬으니 가만히 따스해지는

곁에 없는 말

당신의 귓속에 물옥잠 꽃잎을 흘려넣은 부장(副葬)이 어느 잠결에 본 편지 같아
나는 네 개의 손가락에 불붙여 흙벽에 걸어두고 물속에 번지는 글자들을 여러 번 이어 읽었다
까맣게 사그라진 손톱을 주머니에 넣고 아침이 오는 내항으로 걸어가 고개 들면
누군가 물속에서 등잔불을 흔들듯 노을 든 바다, 그 먼먼 끝자리에서 비로소 접히는 편지를 보았다
별자리들이 흐린 몸을 던지는 조류에서 입술이 태어난다고 믿었으니 가끔은 곁에 없는 말이 해변에 밀려오곤 했다
흰 종잇장이 형편없이 모아쥔 말을 태울 때마다
무수히 태어나는 재의 나비는 모두 날개가 하나뿐이었다
슬픈 것들이 모든 여정 마치고 내 육체를 묘지로 쓰는 밤을 외면하지 않았으니
나는 나의 뒷면에도 써내려가리라, 숨이 끊어진 채 수군거리는 재의 말들을
그렇게 곁에 없는 말을 다 살다 간 너머에 마주 오는 사람이 있다 한들 나는 모른다
성근 봄빛이 찬물처럼 목덜미에 떨어질 무렵
한 장 쭉 찢어져 백지로 날아가버리는 한낮을

호랑이의 등

거꾸로 선 죽나무 돛대를 보면 바다는 피가 거꾸로 솟는다 부정 탄 배는 바다가 등을 내어주지 않는다 칠금방울 들고 날뛰는 무녀마냥 바닷길 일으켜 열어주지 않는다 바람의 덫에 걸린 배는 돛대를 바로 세우고서야 바람 한 푼 받아 나아갈 수 있다 바람이 노잣돈이고 지느러미다

맞바람에 물길이 강팔라지면 바다에도 넘어야 할 산이 생긴다 험지들이 자리 바꾸며 활로를 감추는 것이다 바다 등줄기에 뚜렷해지는 검은 줄무늬를 보았다고 했다 물이랑에 찍힌 맹수 발자국, 뱃전에 깊이 박히는 송곳니들

바다로 가는 것이 호랑이 등을 타는 것 아닌가 이 바다가 호랑이굴이다 바다에게 물려간 사람이 어디 한둘인가 살길은 바다를 등지지 않는 것 등을 보이는 순간 두 동강나는 바다

폭풍우를 황포에 다 새긴 뒤에야 생은 비로소 잔잔해질 것이다 검은 상여와 숨결을 타고 하룻밤 또 하룻밤 칠칠일(七七日)을 지나 갓 태어난 얼굴에 한 폭의 바다가 그려져 있을 것이다

신(神)이 하나 깨졌다

저 집의 생계비는 대부분 슬픔이 댔을 것이다

비명 같은 것이 눌러앉은 기괴한 폐가
집은 멀찍이 멀어져 집의 외지가 되었다

저걸 한 채라고 부를 수 있나
지방 도로에 해진 신발짝처럼 떨어져 있으니 겨우내 지나는 눈발마다 발목을 넣어볼 것이다
헐벗은 신을 더 외진 곳으로 끌고 갈 것이다

무너진 지붕 아래 폭삭 꺼져 있는 한해살이풀들
풀의 가정에서 떨어져나온 부수(部首)들, 부스러져 속뜻을 헤아릴 수 없으니 무성한 뒷말뿐
한때 쓸쓸함도 다 남의 일이 되리라

겨울 잡목숲에 해독할 수 없는 쐐기문자들
수만 근 점토판을 비스듬히 들고 산등성이에 앉은 십이월

집이란 집일 수밖에 없는 핏줄들이 한데 모인 주머니

지푸라기 하나에서 나뭇잎과 발자국과 낮달과 눈동자, 당신 귓속에 이른 물결소리 하나까지 제 영혼을 꾸려 먼발치로 돌아가고 있다

빈집은 신이 하나 깨어진 것
지상에 가장 가까웠던 신의 육신이 희미해지고 있다

부부의 일

출렁거리는 것을 참지 못한다
봄바람이 슬슬 불면 사내들은 배에 올라탄다

아내들도 다 허락한 일
사내 여럿이 숨넘어가는 남해의 밤을 보내는 것을 알지만
몇 번 달래다 알맞게 그치고 마는 것은
봄철 바닷속에 장대비가 내리는 때를 알아서이다

미조 앞바다에 멸치떼가 돌아온 것이다
마구잡이로 몰려다니는 듯해도 물속에도 숨길이 있어
두 배가 함께 가창(歌唱)하는 것은 그물의 옷고름을 나란히 풀어 그 숨길에 포개기 위한 일

부부 배라 하여도 오랜만의 일이어서 어색하다
저 무수한 두근거림을 사이에 안고 멀어지지도 않게 가까워지지도 않게 눈맞춤 하고
물결에 서로 허리를 이리저리 틀어 맞춘다
낮게 때로는 깊게 남해의 아랫도리를 요령껏 쓰다듬는다

밤새우는 부부의 일이 이리 흔쾌하기까지
물살에 터져나간 수백수천의 밤낮을 얼마나 꿰매었던가
부부가 기어이 끌어올린 산더미 같은 빗줄기들
단비가 내린다

짚시나방

식구는 죽은 자와 둘러앉아 젯밥을 먹는다

그래 이쪽은 좀 어떠냐

큰형은 작년에 퇴직하고 남해에 내려가 살아요

막내 말대로 몇몇 훌륭한 이웃과 멀어졌지만

SNS가 발달한 시대잖아요 멀리서도 듣고 봐요

사월엔가 새별오름에 갔어요

제주에는 정말 사슴이 있더라고요

죽은 어미 사슴은 땅에서 꽃 물고 새끼를 기다린대요

가끔 눈을 뗄 수 없는 꽃을 보아요 당신인가요?

젯밥에 눈멀었는지 죽은 자는 말이 없고

방충망에 귀 하나 붙어 있다

불러도 대답 없다

우리가 사랑한 모든 거짓말들

사랑스러운 말들을 잔뜩 뭉쳐놓으면
종잇조각이 되기 십상이라 했지요

당신이 종이로 만든 꾸깃꾸깃한 눈물이나 방울새 하나 손바닥에 올려주면 안주머니에 받아 넣었지요

종이 속에서 가늠할 수 없는 울음소리가 새어나올 때마다 지그시 쥐었다가
볕 좋은 창가에 올려두었지요
(그래도 날아가진 않아요)

우리가 사랑한 모든 거짓말들은
붉고 아득한 저녁과 함께 종이 관에 넣었지요

달리 장례를 치르지 않아서일까요, 죽은 것들이 가끔 심장에서 두근거리지만요
이미 사라진 것들이라도 그럴 수 있는 거잖아요

종이뭉치가 저절로 풀리듯
그냥 나무 하나가 별을 향해 걸어간 죄로 사과를 낳았거니, 달콤하게 생각해요
(입안에 고인, 고이는 일종의 맛있는 실망!)

그러고 보니 우리가 말아서 버린 새와 종이와 거짓말은 다 한 핏줄이었어요

가장 부드러운 쪽부터 바뀌는

돌의 활동

마침내 한 줌이 되었다
얼마 만인가 이렇게 날아본 날이
돌멩이가 날아가고 있다

돌은 한동안 큰 돌 속에 틀어박혀 있다가
다 버리고 손 일부만 남겨 우리를 불러 세운다

한 방 먹이려고 우리가 집어든 것이 아니다
물수제비하려고 마음먹은 것도 우리가 아니다
돌이 내 손을 붙잡은 것이다

솔숲 낮달 지나 밑도 끝도 없는 넓이를 지나
눈 부릅뜨고 펄럭펄럭 날아가는 돌
왜가리가 수면을 딛고 날아오르듯
돌멩이는 긴 다리를 꺼내어 물의 이마를 탕, 탕
힘껏, 밟는다

이 비상을 돕기 위해 수면은 바싹 엎드린다
납작하게 엎드리면 비로소 돌의 물갈퀴가 보인다

수만 년에 걸쳐 띄엄띄엄 행성을 도는
돌의 지동설을 믿게 되는 것이다
돌멩이라는 최초의 조류를 발견하는 것이다

돌 속은 돌로만 채워진 것이 아니다
저 돌멩이 한 마리 속에 나는 것, 뛰는 것, 기는 것
구르는 것, 흐르는 것, 꿈꾸는 것이 있다

하늘땅을 가만히 뜯어보니
돌의 팔다리가 보인다
날고 기는 수천 마리 돌멩이가 보인다

돌의 건너편으로,
바깥을 한 바퀴 도는 돌의 종적이
주름살을 한번 폈다가
돌을 향하여 돌아오는 돌의 활동이

보인다, 풀로 채워진 듯 여기저기
셀 수 없는 돌의 연락처가

나는 빗소리 들으러 유튜브에 간다

갈대와 빗줄기를 고루 짝지어 엮은 갈대집이었을 게다 촘촘한 빗줄기의 입말을 귀담아 배우면 먼 하늘과 대지가 두런두런 나누는 듣기 좋은 말이 들리기 시작했을 게다 우리는 그 소리를 짚어가며 나긋한 매듭을 찾아 한 단씩 안아 내었을 게다 한 열흘 바람에 바싹 말릴 때 갈대도 빗줄기도 수확의 반은 다시 공중에 돌려주고 그 반의반은 땅에 내어주는 것이 초원의 불문율이었을 게다 먼 곳은 먼 곳인 채로 가까운 곳은 가까운 채로 내버려두어 먼길도 가까운 길도 함부로 나지 않은 땅 우리의 갈대집은 물과 바람이 허락하여 지은 것일 게다

나는 빗소리 들으러 유튜브에 간다 저 빗소리는 모국으로 떠나는 맑은 항공기들 빗소리에 눈을 감는다 천 년에 천 년을 다시 천 년을 거슬러 유프라테스 유역이든 그 어디든 나의 고대가 여전한 정중앙으로, 아침이 수문을 여는 골짜기지나 상류로 상류로 날아 별이 붐비는 유사 이전으로, 내일 일이 어제 일과 매양 같아 걱정마저 깨끗한 곳, 누구에게 들려주어도 무겁지 않고 미안하지 않은 이웃 곁으로, 나의 왕이 없는 나라, 나의 나라라고는 농기구를 어깨에 걸친 당신 뒷모습으로 족하던

나는 몸부림치는 밀밭으로 간다 웹 주소창을 열고 나의 막다른 동쪽까지 한달음에 달려간다 내 알몸의 주소, 기도와

두리번거림과 부끄러움의 고향, 흙과 과일과 천둥과 번개의 원산지, 모든 내문서의 본적을 입력한다 햇볕을 빼닮은 양털과 추위에 부비던 그 동쪽을 되찾으러 간다 초승달이 지느러미 터는 개천을 건너 양손 가득 나의 나와 이전의 모든 나를 드리러 간다 아름다운 사람아, 우리 유튜브에서 만나자 노을의 능선을 넘어오며 기름진 휘파람을 휘이휘이 날려다오 밀밭에 부드러운 불을 질러 그 빗소리를 듣자 그곳에 갈대집을 짓고 뼛속까지 돌아오지 말자

함석지붕 원고

함석지붕을 두드리는 빗발에 뒤척이다 나는 서너 개의 꿈과 부딪쳤고 몇 줄기 문장이 되어 흐릅니다 나는 해발 얼마의 높이에서 내려온 이야기일까요 이 순간 먼 곳의 발언을 듣는 사람은 구름의 분량만큼 받아쓸 수 있겠지요 빗줄기들은 초고가 되고 젖줄이 되겠지요 내 생가였던 당신의 손은 흙이 되었지만 괜찮습니다 저 빛나는 획순을 따라나선 당신의 문장에서 이 모든 꿈이 시작되었지요 어떤 고래는 구름의 전생을 거쳐 폭우가 됩니다 함석지붕 위로 고래 한 마리가 울며 지나갑니다 저 울음이 나의 서식지입니다 빛에서 빛이 닿지 않는 곳까지 나는 비문으로 아무렇게나 흐르겠지요 괜찮습니다 죽은 손이라도 흔들어 나를 불러주세요 내 손가락들도 해저에서 높이 떠오를 것입니다

종의 깊이

대설 공중에 흰 종들이 쏟아졌다

한지 같은 것을 쓸어모아 더 큰 종을 만들었다

돌을 던져보았으나 종은 울리지 않았다

물고기의 흰 비늘을 가진 종

어디에도 걸 수 없어 그대로 길바닥에 모셔두었다

먼 골짜기 겨드랑이에 숨기고 오는지

그 밤도 종소리 하나 없이 화창하게만 내리었다

떠 있던 돌은 범종 속으로 멀리 가라앉고

봄에야 툭, 떨어지는 소리가 들리었다

해설

백지를 위한 파반느

엄경희(문학평론가)

폭풍우를 황포에 다 새긴 뒤에야 생은 비로소 잔잔해질 것이다

—「호랑이의 등」에서

1. 재의 말(言), 그리고 시인의 운명

하나의 문장에 마침표를 찍어도 그 의미는 완성되지 않은 채 발화자의 마음에 여분을 남기거나 어떤 결여를 가져다준다. 이러한 말(言)의 침전물은 우리의 인생과 너무도 닮았다. 우리의 삶이 늘 미완성인 채로 우연적 사건과 마주치며 물리적 시간의 경로를 따라 흘러가듯이 말 또한 그러하다. 이와 같은 말과 삶 사이에서 존재의 진실을 부여잡으려 기꺼이 백지와 투쟁하는 자가 바로 시인이며 그것이 그의 운명이다. 말의 침전물에 존재의 비밀과 고통이 있다는 사실을 시인은 행간의 그물망을 통해 발화한다. 따라서 시인은 그 누구보다도 말에 대한 자의식을 강렬하게 가진 자이다. 글의 문채가 바로 그 자신의 존재론적 비의(秘義)를 내포하기 때문이다. 이 글의 서두에 이와 같은 말과 시인의 운명이라는 지극히 원론적인 이야기를 꺼내는 것은 박지웅 시인의 시편에 보이는 말에 대한 처절한 자의식이 유독 예사롭지 않다는 판단에서이다. 이 시집의 시편들은 삶의 재현이나 사물에 대한 상상에 앞서 '시 쓰는 자아' 자체의 내부를 메타적으로 지시하곤 한다. 시인은 그런 자기 자신을 뚜

렷이 바라보고 있다.

당신의 귓속에 물옥잠 꽃잎을 흘려넣은 부장(副葬)이 어느 잠결에 본 편지 같아
나는 네 개의 손가락에 불붙여 흙벽에 걸어두고 물속에 번지는 글자들을 여러 번 이어 읽었다
까맣게 사그라진 손톱을 주머니에 넣고 아침이 오는 내항으로 걸어가 고개 들면
누군가 물속에서 등잔불을 흔들듯 노을 든 바다, 그 먼 먼 끝자리에서 비로소 접히는 편지를 보았다
별자리들이 흐린 몸을 던지는 조류에서 입술이 태어난다고 믿었으니 가끔은 곁에 없는 말이 해변에 밀려오곤 했다
흰 종잇장이 형편없이 모아쥔 말을 태울 때마다
무수히 태어나는 재의 나비는 모두 날개가 하나뿐이었다
슬픈 것들이 모든 여정 마치고 내 육체를 묘지로 쓰는 밤을 외면하지 않았으니
나는 나의 뒷면에도 써내려가리라, 숨이 끊어진 채 수군거리는 재의 말들을
그렇게 곁에 없는 말을 다 살다 간 너머에 마주 오는 사람이 있다 한들 나는 모른다
성근 봄빛이 찬물처럼 목덜미에 떨어질 무렵
한 장 쭉 찢어져 백지로 날아가버리는 한낮을

—「곁에 없는 말」 전문

이 시를 언뜻 보면 '당신'이라는 존재를 상실한 자의 비애를 담아낸 것처럼 읽힐 수 있다. 그러나 면밀히 살펴보면 대상의 상실 이상의 복잡한 의미가 잔잔한 서정적 어조에 의해 전개되고 있음을 깨닫게 된다. 첫 구절인 "당신의 귓속에 물옥잠 꽃잎을 흘려넣은 부장(副葬)이 어느 잠결에 본 편지 같아"에 등장하는 '부장'이라는 시어가 '편지'로 전이되었음을 알 수 있는데 이는 죽은 이와 함께 부장했던 것이 '말(言)'이었음을 암시한다. 따라서 부장의 말, 즉 편지는 죽은 이의 것이 아니라 살아 있는 화자가 "흘려넣은" 것이라 할 수 있다. 이때 화자인 '나'는 마치 촛불처럼 "네 개의 손가락에 불붙여" 자신이 건넨 편지를 여러 번 읽는다. 몸을 태워 자신의 말을 반복적으로 읽는 행위는 무엇을 함의하는가? 그 말들은 "물속에 번지는 글자들"로 희미하게 혹은 "먼먼 끝자리에서 비로소" 남아 있는 말이며 "곁에 없는 말"이다. 다시 말해 부장의 편지는 손가락의 불과 노을과 별빛을 받아야 겨우 읽을 수 있는 중유(中有)의 세계에 머물러 있는 말이라 할 수 있다. 삶도 죽음도 아닌 중유에 머물러 있는 것들을 태울 때마다 '재의 나비' '재의 말'이 하나뿐인 날개를 달고 수군거린다. 이는 다른 시에 "어쩌다 나는 뜨지도 감지도 못하는 말을 품었나"(「입속에 먼길이 생겼다」)로 표현되기도 한다. 중요한 것은 죽은 '당신'이 아니라 애도를 완성하지 못한 채 "곁에 없는 말"이 된 '나'의 "형편없이 모아쥔 말"이라 할 수 있다. 어느 쪽에도 속하지 못한 말과 싸우며 "슬픈 것들이 모든 여정 마치고 내 육체를 묘지로 쓰는 밤"을 기꺼이 다 살기로 작정한 것이 바로 이 시집의 화자이다. 이 시집의 표제이기도 한 '나비가면'은 이러한 화자의 내부에 고여 있는 어두운 고통과 자의식을 시로써 승화시키려 하는 시인의 지향적 페르소나(persona)를 상징한다. 그는 부장의 편지를 태우고 찢기를 반복한다. 다른 시 「가끔 타지 않는 편지가」는 이와 동일한 의식을 드러낸 경우로 볼 수 있다.

산 자들이 쓰다 버린 문자는 무당이 주워 쓰거나 귀신이
드나드는 통로가 된다

(……)

불탄 자리를 뒤적이면
가끔 다 타지 않은 편지가 나왔다

(……)

꿈에 덮인 꿈을 잘못 밟았다가 더 깊은 명부로 떨어지면
지층 사이에 버려진 집터가 나온다 다만 흐린 초성(初聲)
으로 남은 길과 벽과 사방, 재가 된 방 안에 들어서면 시

커멓게 바스러지는 발바닥

—「가끔 타지 않는 편지가」 부분

"산 자들이 쓰다 버린 문자"는 그야말로 버려진 문자이다. 여기에는 버릴 수밖에 없는, 즉 '곁에 없는 말의 세계'가 함축되어 있다. 이 대목을 보다 구체적으로 해석하기 위해서는 박지웅의 또다른 시편을 선회할 필요가 있을 듯하다. "말문 한번 여는 데 천년만년 걸리는 입이 되었다/ 내 입속에 먼길이 생겼다// 지금은 말할 수 없다"(「입속에 먼길이 생겼다」), "말할 수 없는 것을 말하려는 자의 입속에는 눈이 내린다"(「그 많은 뻥들에 대하여」), "언젠가부터 길을 두고 머뭇거리는 일이 잦았다/ 하지 말아야 할 말들을 밀어내느라 그랬을 테지만"(「누군가의 남해」), "혓바닥은 말들이 이륙하는 활주로였으나/ 나는 오래전 나를 폐쇄하였다"(「실어(失語)」) 등 여러 편에 공통적으로 발견되는 것은 '말할 수 없다' '말해서는 안 된다'는 금기와 그 때문에 '나'는 "나를 폐쇄하였다"는 사실이다. 말할 수 없음이 자발적으로 존재를 폐쇄하도록 이끈 것이다. 이것이 "산 자들이 쓰다 버린 문자"의 실상이다. 다시 말해 "산 자들이 쓰다 버린 문자"는 말할 수 없는, 혹은 말해서는 안 되는 것이 입을 빠져나와 "무당이 주워 쓰거나 귀신이 드나드는 통로"가 된 중유(中有)의 경계를 떠도는 말이다. 그것은 가끔 나오는 "다 타지 않은 편지"며 "흐린 초성(初聲)으로 남은" 읽기 힘든

말이기도 하다. 그 말들이 모인 장소가 "재가 된 방"이며 화자의 발바닥은 그곳에서 바스러진다. 발바닥이 바스러진다는 것은 곧 존재의 무너짐을 뜻한다. 그런 의미에서 금지된 말과 바스러진 존재는 하나이다. 이 잿더미 속에서 시인은 "캄캄한 잇몸에 아물지 못한 말들이 자라고 자라/ 한 겹 한 겹, 솟을새김 올리는 액체의 뼈"(「입속에 먼길이 생겼다」)라고 토로한다. 이 입속의 뼈들은 '무너짐'과 오랜 '참음'의 통증이 안겨준 말(言)들의 뼈이다. 그것은 거북의 등에 새겨진 아주 "오래된 갑문(甲文)"(「거북의 털」)과도 같은 것일지도 모른다.

2. 시칠리아 놋쇠황소의 안쪽

부장(副葬)했지만 깔끔하게 죽음에 이르지 못한 말, 완전히 태워지지 않은 말(편지), 말할 수 없는 말, 말해서는 안 되는 말의 누적을 걸머진 채 한 존재가 자신을 폐쇄했다면 그는 살아 있어도 산 자가 아닌 존재의 상태와 조건을 지시한다. 이것은 '침묵'의 세계와는 전혀 다른 발화의 감금, 즉 존재의 감금으로 볼 수 있다. 말이 막혔으니 말과 분리될 수 없는 '시인'의 운명이 위태로움에 처해진 것이다. 그런 의미에서 박지웅이 드러낸 이와 같은 '재의 말'과 자신의 운명에 대한 인식은 자기반영성을 지닌다. 여기서 우리는 시인이 왜 이토록 비극적인 말과 존재 상태를 스스로 보고 있는지 물어야 할 듯하다. 시인은 시 「밤이 며칠째 가지 않는다」에 다음과 같이 쓰고 있다. "옹이는 가만히 듣는 귀 혹은 가만히/ 보는 눈/ 부러진 자가 부러진 곳을 오랫동안 살피다 생긴/ 파낼 수 없는 눈동자"라고. 부러진 자가 부러진 곳을 오랫동안 살피는 것은 '부러진 곳'이 아물지 않았기 때문이며 그래서 잊을 수 없게 되었기 때문이다. 그것을 시인은 '옹이'라고, "파낼 수 없는 눈동자"라고 은유한다. 이는 자신을 폐쇄한 자의 눈이기도 하다. 그의 눈은 '부러진 곳'을 향해 있는 것이다.

어수룩한 개는 아무거나 주워먹었다
쥐약과 건넛산에 놓인 달을 잘 구별하지 못했다
달이 어렴풋이 뒤뜰에 지면 홀린 듯 달려갔다
키우던 개와 닭은 주로 화단에 묻혔다가
이듬해 유월 머리가 여럿 달린 수국이 되었다
둥그스름한 수국 머리를 쓰다듬으면
묶인 새끼들이 먼저 알아보고 낑낑댔다
한동안 흙과 물과 바람과 섞여
백수국은 낯가림 없이 옛집 마당을 지켰다
닭이 다 자라면 날개를 꺾어 안고 시장에 갔다
닭장수는 모가지를 젖혀 칼집만 스윽 냈다
닭이 던져진 고무통 속에서 둥둥 북소리가 났다

피가 다 빠진 뒤에야 잠잠해지는 짐승의 안쪽
잠자리에 들 때마다 머리가 핑 돌았다
핏발 선 꽃들, 힘세고 오래가던 어지럼들
닭 뼈다귀를 화단에 던져주면
수국은 혈육처럼 그러안고 밤새 핥는 것이었다

—「흰색 가면」 전문

미꾸라지 백 마리쯤 넣고 굵은 소금 착착 치면
가마솥은 무거운 악기가 된다

(……)

나는 솥뚜껑을 누르고 있다

살갗을 뜯어내는 풍랑이 몰려오고 몰려가는 풍경과 옆구리가 옆구리를 토해내는 힘을, 솥 안에 분수처럼 터져 오른 곡선이 손바닥에 타들어오는 저녁을 누르고 있다

손가락들이 밑에 깔린 손가락을 들추자
죽은 건반이 살아 있는 건반들을 누르고 지나간다

—「득음(得音)」 부분

옛 팔라리스왕은 나를 놋쇠황소에 집어넣고
배 밑에 장작을 쌓았다 불을 땠다

내 몸에 있는 춤을 모조리 꺼내었다
훗날 왕도 놋쇠형틀에 들어와 춤을 추었다

(……)

그럴 줄 알았다
여기가 지옥이다

(……)

오래전 나는
내가 살아 있는 것에 반대하였다

—「놋쇠황소」 부분

인용한 세 편의 시는 이 시집의 화자가 무엇을 지각하는가를 적나라하게 드러낸 작품들이다. 첫번째 인용한 「흰색 가면」은 쥐약을 먹고 죽은 개와 닭장수에게 목이 베인 닭의 죽음을 소재로 한 시이다. 이 시는 매우 사실적이면서도 그로테스크한 분위기를 연출해낸다. 목숨을 지닌 짐승이 마지막으로 발버둥치는 소리와 백수국이 연상시키는 큰 숭어리의 깨끗하고 풍만한 이미지가 충돌하면서 시의 분위기는 더욱 으스스하게 깊어진다. 시인은 닭이 죽어가는 장면을 "닭이 던져진 고무통 속에서 둥둥 북소리가 났다/ 피가 다 빠진 뒤에야 잠잠해지는 짐승의 안쪽"이라고 묘사한다. '둥둥 북소리'로 표현된 묵직한 타악기의 소리는 죽어가는 '짐승의 안쪽'에서 울려나오는 처참한 몸의 소리라 할 수 있다. 온몸의 '피'가 빠져나가는 동안 그 소리는 계속된다. 참혹한 '안쪽'의 소리는 화자와 분리되지 않는다. 이 고통의 소리가 "핏발 선 꽃들"의 귀기(鬼氣)와 "힘세고 오래가던 어지럼들"로 화자에게 전이되고 있기 때문이다. 이러한 화자의 반응은 '짐승의 안쪽'에 대한 연민 이상의 의미를 지닌다. 앞서 나는 박지웅의 화자가 "파낼 수 없는 눈"으로 "부러진 곳"을 보고 있다고 말한 바 있다. 자신을 폐쇄한 자가 바라보는 것이 '부러진 곳'이라면 그것은 바로 '짐승의 안쪽'일 것이다. 그런 의미에서 "피가 다 빠진 뒤에야 잠잠해지는 짐승의 안쪽"은 "슬픈 것들이 모든 여정 마치고 내 육체를 묘지로 쓰는 밤"(「곁에 없는 말」)으로 연결된다. 피가 다 빠지는 것과 슬픈 것들이 모인 육체의 묘지는 동격이라 할 수 있다. 따라서 절명의 순간에 들려오는 묵직한 북소리는 닭의 것이 아니라 '나'의 것이기도 하다. "둥둥 북소리"와 "핏발 선 꽃들, 힘세고 오래가던 어지럼들"이 화단에 묻혀 그 '핏발'을 다 벗어날 때 비로소 '흰색 가면'과 '백수국'에 이르게 될 것이다. '백수국'은 이 시에 집요하게 등장하는 무수히 많은 '하얀 것들' 가운데 하나이다. 중요한 상징이라는 점에서 '하얀 것들'에 대한 얘기는 다음 장으로 미루고자 한다.

다시 위에 인용한 「득음(得音)」으로 이야기를 이어가자면,

시 「득음(得音)」은 앞서 살펴본 「흰색 가면」과 거의 흡사한 상상력을 드러낸다. 개와 닭이 미꾸라지로, 고무통이 가마솥으로 대체되어 있다. '고무통'이 '북'이었듯이 '가마솥' 또한 '무거운 악기'의 의미를 지닌다. 다른 점이 있다면 이 악기에서 생명이 몸부림치는 마지막 소리를 연주하는 자가 화자라는 사실이다. 화자는 그 무거운 소리의 감각을 "살갗을 뜯어내는 풍랑이 몰려오고 몰려가는 풍경과 옆구리가 옆구리를 토해내는 힘"이라고 표현한다. 이때 솥 안쪽의 힘은 솥뚜껑을 누르던 손을 태우고 누른다. 즉 누르던 손이 눌리는 손으로 역전되는 것이다. 솥의 안쪽이 바깥쪽을 태우고 누르는 이 광경에는 더욱 강한 "핏발 선 꽃들, 힘세고 오래가던 어지럼들"(「흰색 가면」)이 예고되어 있다. 화자는 손으로 솥뚜껑을 누르면서 솥의 안쪽에서 벌어지는 고통의 소리를 또다시 자기화하고 있는 것이다. "죽은 건반이 살아 있는 건반들을 누르고 지나간다"는 구절은 주검에 눌린 화자의 건반(손가락)을 뜻한다. 이 부분에서는 섣불리 생명체에 대한 연민이나 죄의식을 덧붙이는 일을 유보할 필요가 있다. 우리는 이 시의 제목이 '득음(得音)'이라는 사실을 반드시 기억해야 할 것이다. 따라서 이 끔찍한 연주는 일종의 통과제의가 아닐까. 핏발이 서고 어지러움에 휘둘리며 누르고 눌리는 과정을 반복해야 그 소리는 완성될 수 있다는 함의가 여기에 담겨 있다. 그러니 화자는 중유(中有)에 갇힌 말을 벗어나 "낯가림 없이 옛집 마당"(「흰색 가면」)을 지키고 있는 '백수국'으로 피어나기 위해서, 그리고 "모든 길흉과 생사를 건너온 무심한 악기"(「득음(得音)」)가 되기 위해서 소름끼치는 연주를 직접 할 수밖에 없다. 그것은 목숨을 내놓는 것이기도 하다.

시 「놋쇠황소」는 이러한 시인의 의식을 상징적으로 드러낸 또다른 작품이다. 그리스의 시칠리아섬을 통치하던 폭군 팔라리스왕이 조각가 페릴루스에게 주문하여 제작한 놋쇠황소의 형틀은 세간에 잘 알려진 광기로 가득한 고문 기구이다. 중요한 것은 팔라리스왕의 놋쇠황소가 잔혹한 처형의 틀이면서 악기라는 사실이다. 페릴루스는 놋쇠황소 안의 날카로운 비명이 웅장한 저음으로 울려나오도록 장치하였다. 이 잔혹한 형틀에서 첫번째로 죽임을 당한 자가 아이로니컬하게도 페릴루스였다. 자기가 고안해낸 끔찍한 악기 속에서 죽임을 당했기 때문에 시칠리아의 놋쇠황소는 예술가들의 운명을 예고하는 상징물로 종종 얘기되곤 한다. 시인은 이 불의 지옥에서의 고통을 "내 몸에 있는 춤을 모조리 꺼내었다"라고 말한다. 이는 「득음(得音)」의 "살갗을 뜯어내는 풍랑이 몰려오고 몰려가는 풍경과 옆구리가 옆구리를 토해내는 힘"과 동일한 것이다. 옆구리를 토해내는 힘과 몸부림의 춤을 꺼내는 행위 가운데 '토하다'와 '꺼내다'에 주목할 필요가 있다. 이것은 목숨을 다 쏟아내는 것이며 버리는 행위이다. 그런 의미에서 "오래전 나는/ 내가 살아 있는 것에 반대하였다"는 선언에 보이는 "반대하였다"는 '토하다' '꺼내다'와 등가적이다. 지옥 같은 삶에 반대하는 가장 극단적 선택은 이 지옥을 버리는 일이며 남은 힘을 몽땅 쏟아 '춤'으로 상징되는 목숨을 꺼내버리는 일일 것이다. 이러한 상상은 단호한 결단이 내면화되어야 가능하다.

박지웅의 죽음에 대한 인식은 그의 첫 시집 『너의 반은 꽃이다』(문학동네, 2007)로부터 시작되어 지속적으로 탐구되었던 주제이다. 그런데 이 시집의 화자가 죽음과 관련해서 드러내는 행위는 이전의 시편들에서 보았던 것보다 훨씬 피학적으로 읽힌다. 그가 다른 이의 죽음이 아니라 자신의 죽음을 능동적으로 선언하는 것처럼 보이기 때문이다. 이와 같은 상상의 이면에는 중유(中有)에 머물러 있는 불완전한 죽음의 세계를 자발적 죽음으로 눌러버리려는 갱신의 역설이 내포된 것으로 보인다. 이를 위해서는 누르고 눌리며 토하고 꺼내는 고통을 기꺼이 받아들여야 할 것이다. 이후 핏발이 선 것들이 다 가라앉을 때 죽음은 다시 온전한 삶으로 재편성되지 않을까. 이것이 진정한 실존의 투쟁 방식일지도 모른다.

3. '흰 뼈'에 새겨진 검은 슬픔

나는 이제야 비로소 이 시집에 무수히 등장하는 '하얀 것들'의 상징에 대해 이야기할 수 있을 듯하다. '하얀 것들'로 총칭되는 구체적 예는 흰색 가면, 백수국, 뼈, 흰 피, 흰 파도, 백지, 백록(白鹿), 흰 관, 폭설, 흰 눈썹, 흰 코끼리, 구름 등 다 열거할 수 없을 정도로 이 시집 전체에 산포(散布)되어 있다. 반복적인 색채 이미지는 우리의 감각과 의식을 끌어들이는 강한 힘을 지닌다. 시인은 "흰색은 뼈의 색, 뼛속에서 자라는 저릿저릿한 폭설의 색/ 지금껏 몸서리친 내 직장은 백지려니, 어느 잠결에 들었다"(「물방울 속의 코끼리」)라고 쓰고 있다. 흰색에 대한 의미 규정은 물론이거니와 이 구절에 보이는 '저릿저릿'이나 '몸서리친'과 같은 시어가 환기하는 감각적 느낌을 감지하면서 박지웅의 '하얀 것들'과 만나는 것이 좋을 듯하다. 다른 색채와 달리 흰색은 없는 듯 있는 색이다. 깨끗하고 맑기 때문에 다른 것들이 새겨지기 좋은 색이며 때때로 그것은 사라지기도 하는 색이다. 색깔을 갖지 않은 색. 때문에 하얀 색은 영기(靈氣)가 깃드는 색일 수 있다. 이해를 돕기 위해 앞서 「흰색 가면」에 등장했던 '백수국'을 떠올려보기로 하자. 마지막 부분의 "닭뼈다귀를 화단에 던져주면/ 수국은 혈육처럼 그러안고 밤새 핥는 것이었다"라는 구절에는 애도를 환기하는 기괴한 슬픔이 서려 있다. 박지웅의 '하얀 것들'은 이와 무관하지 않다. 그런데 '백수국'과 같은 '흰색 가면'에 이르기 위해서는 우선 내면에 고인 '피'의 붉음을 빼내야 가능하다.

여자의 혀는 정직하고 차가웠다

입에서 나오는 가장 낮은 온도 잘 가
마트에서 구입한 제품처럼 건넨 잘 가
나는 잘 가를 받아 냉장고에 넣어두었다
앞뒤 잘린 토막의 말
잘 가는 피가 빠지는 데 몇 달이 걸렸다
몇 달째 꿈쩍하지 않는 잘 가
가끔 이름을 불러보았으나
잘 가는 선뜻 나오지 않았다
고깃덩어리로 썩어가는 잘 가를
꺼내어 몇 번 삼키려 했으나
오래된 관처럼 입이 열리지 않았다
냉장고는 온통 사후의 세계
나는 냉장고에 심장을 넣고 기다린다
내 혀는 아직 핏물이 덜 빠졌다

—「잘 가」 전문

세상의 모든 이별 통보는 차갑다. 그것이 "마트에서 구입한 제품처럼 건넨" "앞뒤 잘린 토막의 말"이라면 더욱 그러하다. 이러한 일방적 이별의 방식으로 관계의 고리가 끊어질 때 매정한 상대와 달리 여전히 사랑을 간직한 자는 오랜 시간을 고통에 헌신할 수밖에 없다. 상대를 향한 뜨거웠던 마음과 간절한 그리움을 빼내야 그의 정념은 비로소 탈진한 채 안정화될 수 있는 것이다. 화자는 이별 이후의 고통을 "잘 가는 피가 빠지는 데 몇 달이 걸렸다/ 몇 달째 꿈쩍하지 않는 잘 가"라고 고백한다. '피'가 다 빠져야 그도 상대에게 토막의 말 '잘 가'를 할 수 있지 않겠는가. 그래야 이별이 완성된다. 그런데 '냉장고'에 넣어둔 '잘 가'가 썩어 가도록 그의 입은 '오래된 관'처럼 열리지 않는다. 이 시에 등장하는 '냉장고'는 놋쇠황소의 안쪽에 자리한 또다른 추위의 공간이다. 심장을 얼리고 다시 녹여 핏물을 빼는 과정을 반복해야 하는 처형의 공간이기 때문이다. 그런데 "내 혀는 아직 핏물이 덜 빠졌"으니 '잘 가'는 아직 먼길을 가야 할 것이다. 그것이 '백수국'에 이르는 길이기도 하다. 이와 같은 먼길을 돌아 인간의 안쪽에서 핏기를 다 가셔낸 존재에게 어떤 이름을 붙여야 마땅할까?

내가 먹은 그리움에는
왜 뼈가 나올까

누군가 파먹은 사람의 안쪽
가만히 문지르면 흉터는 열린다, 서랍처럼

가끔 그곳에서 곡소리가 난다
고백 하나가 숨을 거둔 것이다

부치지 못한 편지 밖으로 발을 내민 그리움

뼈만 남은 글자들이 꽃상여에 실려 거처를 떠난다, 그렇다고 나는 믿는다

모든 흉터는 눈뜨고 죽은 글자들
모든 꽃은 죽어서 눈뜬 글자들이다

—「꽃무늬 흉터」 부분

이제 시인은 '짐승의 안쪽'에 이어 "누군가 파먹은 사람의 안쪽"에 대해 고백한다. 그것은 주검이라는 독특한 몸의 장소라 할 수 있다. 누군가 파먹은 빈 육체는 '서랍'의 층위로 은유되면서 뭔가를 간직한 공간으로 전이된다. 그 텅 빈 공간 안에 흉터와 곡소리와 숨을 거둔 고백이 고스란히 담겨 있다. 인간의 내면은 이런 기억들이 새겨진 보이지 않는 장소이다. 기억에 새겨진 흉터와 곡소리와 숨진 고백은 얼마나 견고한가. 그것은 보이지 않지만 뼈에 새겨진 아픈 것들이다. 박지웅은 이를 "내가 먹은 그리움에는/ 왜 뼈가 나올까"라고 표현한다. 단단하고 하얀 뼈는 "내가 먹은 그리움"의 대가이다. 그렇다면 '그리움'은 스스로를 파먹은 그의 안쪽이라 할 수 있다. '먹다'라는 동사가 드러내는 육화의 과정은 그리움의 혹독한 되새김질을 말해준다. 그것은 빼낼 수 없기 때문에 하얀 '뼈'로 박혀 "뼈만 남은 글자들"로 새겨진다. 뼈만 남은 글자들은 죽은 글자들이지만 이는 또한 죽었기 때문에 더 완강하게 기억의 '서랍'에 살아 있는 글자

이다. "모든 꽃은 죽어서 눈뜬 글자들이다"라는 모순된 어법이 가능한 이유는 이 때문이다. '백수국'이 죽은 것들을 품듯이 시인은 "죽어서 눈뜬 글자들"을 품는다. 이런 맥락에서 '백수국'과 '뼈'는 같은 것이라 할 수 있다. 이들은 다 아픔으로 남은 '하얀 것들'이다. '사람의 안쪽'의 내막이 이러하다. '사람의 안쪽'을 더 깊게 들여다보면 '하얀 뼈'의 안쪽에 더 깊은 슬픔이 박혀 있을지도 모른다.

흰 바위 뒤 흰 소나무 너머 흰 거북, 흰 사슴이 흰 물에 주둥이 대는 자개 밥상 차려두고
부엌에 까마귀처럼 앉아 있던 여자

옛집은 검고 장독간 민들레에 앉은 흑백의 봄은 쥐죽은 듯 고요했다 흑백의 새끼들을 치느라 입과 눈에 흙 바르고 엎드려 산 여자처럼

—「흑백의 새」 부분

나는 박지웅의 시편을 읽으며 이 시에 등장하는 "부엌에 까마귀처럼 앉아 있던 여자"에 한참 사로잡혔다. 그녀는 "입과 눈에 흙 바르고 엎드려 산 여자"이다. 온통 하얀 자개의 문양이 펼쳐 있는 신비로운 밥상 옆에 검게 웅크려 있는 이 여인은 모든 인간의 근원인 어머니의 처연한 모습을 부족함없이 드러낸다. 저 하얀 것들의 신비를 압도해버리는 검은

여인의 형상은 '흰 뼈'의 안쪽 깊은 곳에 박혀 있는 검은 슬픔, '검은 뼈'이다. "슬픈 것들이 모든 여정 마치고 내 육체를 묘지로 쓰는 밤"(「곁에 없는 말」)의 깊고 깊은 어둠이 여기에 고여 있다. 우리는 대체로 슬픔이나 외로움과 같은 정념에서 벗어나야 한다고 생각한다. 고통스럽기 때문이다. 자기 보존을 위해 고통을 피하는 것은 본능적 행위라 할 수 있다. 그러나 고통을 동반한 모든 정념이 해로운 것만은 아니다. 어떤 슬픔은 소중하고 간절한 기억과 겹쳐 있다. 또한 그런 슬픔의 누적이 한 존재의 안쪽에 머무는 정체성을 이루기도 한다. 아프지만 소중한 것을 기억으로 간직하는 것 자체가 삶을 소중하게 만든다. 그것은 낭비가 아니라 때로 자기를 이룩하는 자양이기도 한 것이다.

4. 구름의 맹지를 경작하는 철필(鐵筆)

박지웅의 상상력이 주조해낸 '하얀 것들'은 인간의 안쪽에서 요동치던 '그리움'의 고통을 다 살아낼 때 비로소 생성되는 존재의 맑음을 상징한다. 거기에는 신비함이 서려 있다. 그러나 그 맑음은 붉은 '피'를 여과해낸 결과물이라는 점에서 '육체의 묘지'(「곁에 없는 말」), 죽은 것의 '빈소'(「흰색의 역사」)라는 역설을 지닌다. 다시 말해 죽음에 닿을 만큼의 혹독한 통과제의를 거쳐야 거머쥘 수 있는 재생의 영토인 것이다. 고통의 정념을 거듭 끌어안고 짐승의 안쪽에서 울려나오는 핏발 선 울음을 다 울어야 겨우 얻게 되는 '흰색 가면'의 초상(肖像). 이 모든 '하얀 것들'의 내막은 최종적으로 시인에게 '백지'로 수렴된다. 시가 태어나는 지점을 그는 앞서 살펴본 '하얀 것들'에 대한 각별한 애착을 통해 지시하고 있는 것이다. 그렇다면 '하얀 것'에 이르는 모든 경로는 인간이 발화할 수 있는 말(言)을 뛰어넘는 최종의 언어, 즉 진정한 말의 사원(詩)에 이르고자 하는 수난의 과정이라 할 수 있다.

먼저 백지의 마음을 얻지 않고서는
거둘 것 없는 농사, 누구와도 맞들 수 없는 백지장에
한 톨 한 톨 눈 내린다, 지구의 쉼표들
흰 것 하나의 곁을 어루만지는 흰 손짓들
어떤 문장은 지하로 걸어 들어가 제 썩은 등으로
그해 쓸 봄을 밀어올린다

—「백지농법」 부분

이 글의 처음부터 내가 서술해왔던 것이 아마도 박지웅이 '백지의 마음'을 얻는 방법이라는 생각을 하게 된다. 시인의 백지는 "누구와도 맞들 수 없는" 그만의 존재성과 삶을 담아내는 그릇이다. 때문에 유일무이한 '백지장'은 외롭고 치열한 자신의 내부 공간이라 할 수 있다. 거기에 "한 톨 한 톨"의 결들을 어루만지는 일은 다른 이의 손길로 대체될 수 없는 자기 존재의 성채를 짓는 행위이다. 그 고된 영혼의 노역을 시인은 "어떤 문장은 지하로 걸어들어가 제 썩은 등으로/ 그해 쓸 봄을 밀어올린다"라고 고백한다. 이때 '제 썩은 등'으로 밀어올리는 봄날의 경이로운 광휘가 바로 득음의 순간이며 '하얀 것들'이 반짝이며 베일을 벗는 순간이다. 시인은 이를 '구름의 맹지'로 상징하기도 한다.

남해에 땅 보러 갔다가
땅값이 비싸 구름만 보고 왔지요

(……)

들어가는 길도 나오는 길도 없이
두근거리거나 수군거리는 흰빛의 땅

살구 같은 달이 뜨면 맹지가 눈을 뜬댔어요
드러난 길로 새들이 쏟아지기도 한댔어요

—「맹지(盲地)」 부분

시인은 구름을 맹지와 동일화하면서 "들어가는 길도 나오는 길도 없이/ 두근거리거나 수군거리는 흰빛의 땅"이라고 묘사한다. 맹지는 길을 낼 수 없는 사유지이며 주인의 허락

없이는 밟을 수 없는 땅이라는 점에서 금지된 고립의 공간이다. 수직의 공간에 떠 있는 이 '흰빛의 땅'은 '맹지'가 함축하는 의미 때문에 오히려 공중 정원이나 지구라트(ziggurat)가 지닌 성소의 신성함으로 다가온다. "두근거리거나 수군거리는" 오묘한 설렘의 말을 비밀스럽게 간직한 이 공간이야말로 시인의 '백지'가 아니겠는가. 또다른 시 「금침(金針)」에 보이는 "본디 구름은 침술에 밝아/ 빗소리만으로도 꽃을 일으키는데/ 오늘은 흐린 침통에서/ 햇빛 한 가닥 꺼내 들더니/ 꽃무릇에 금침을 놓는다"와 같은 구절은 감았던 눈을 뜨거나 새들을 쏟아내는 '구름의 맹지'와 동일한 상상력의 소산이다. 박지웅이 도달하고자 하는 신성한 '백지'가 바로 이와 같음이리라. 꽃을 일으키고 새들을 쏟아내는 마법의 맹지를 그는 "파낼 수 없는 눈동자"(「밤이 며칠째 가지 않는다」)로 겨눈다.

별은 철사 하나 지상에 꽂아 딱 한 줄 쓰고
수억 년 빛난다

—「천직」 부분

이 시집에 꽃, 나비, 사슴, 석류향 등과 달리 종종 날카로운 광물질의 이미지가 발견되곤 하는데 도어(刀魚), 금침, 철필(鐵筆), 쇠붓, 창(槍), 금단의 칼날이 그것이다. 인용한 시의 철사로 비유된 별빛도 동일한 이미지이다. 이 모두는

'구름의 맹지', 즉 시인의 '백지'를 눈뜨게 하는 '철필'로 귀결될 수 있다. 서정춘 시인의 「竹篇 · 1—여행」을 멋지게 오마주한 시 「창술」의 "흰 눈썹을 해마다 일만 근씩 대숲에 쏟아내는 바람과 일합을 겨루었을까/ 창공에 쑥 장창을 밀어 넣는데 급소 꿰뚫린 듯 바람 속이 서늘하였다 (……) 창끝에 꽃 하나 얹는 데 족히 백 년이 걸리는 왕대의 창술은 그때 가장 눈부시다 했다"에 보이는 '장창'이 곧 박지웅의 철필이다. "창끝에 꽃 하나 얹는 데 족히 백 년이 걸리는" 일평생의 꿈은 "백년과 나비의 어디쯤"(「백년과 나비 어디쯤에 당신이」)에서 사무치게 그리운 당신과 '일합'을 이루는 것과 다를 바 없다. 절체절명의 간곡했던 그리움이 일만 근의 바람으로 쏟아지는 장엄한 순간을 견고한 철필로 그려내는 것, 이것이 박지웅의 '백지농법'이다. 시인은 이를 다음과 같은 상징적 행위로 형상화하기도 한다.

한쪽 다리를 잃은 그림자가 절룩거리며 의자에서 일어난다 열과 행을 맞추었던 의자들
허물어지며 모래를 쏟아낸다 의자가 의자에서 일어나
입에서 모래를 쏟아낸다

예술가는 구겨진 종이를 손아귀에 말아 쥐고 다시 한번 쥐어짠다
가방을 거꾸로 들어 털고 또 한번 거칠게 털고

자리에서 일어난다

오랫동안 해온 일이다
검은 모래로 만든 의자가 있다

—「종이 위의 모래의자들」 부분

시의 제목 「종이 위의 모래의자들」에 암시되어 있듯이 '모래의자'는 시인이 설계해서 만든 창작물을 뜻한다. 왜 '모래의자'일까? "열과 행을 맞추었던 의자들"이라는 표현을 통해 유추해본다면 하나의 의자는 초성, 중성, 종성이 결합된 글자이고 그 글자들의 열과 행을 맞추면 한 편의 시가 될 것이다. 시인은 다른 시 「천직」에 "글자 속에도 철사가 있어 끊고 구부릴 수 있다/ 내 공구함에는 굵기와 용도가 다른 철사들이 있다/ (……) /모난, 솟은, 외로운, 녹는, 흐르는, 젖은, 글자들의 맥"이라고 쓰고 있다. 시인은 깊은 속내가 담긴 '공구함'을 열어 끊임없이 "글자들의 맥"을 축성하는 자이다. 이러한 과정에는 잘 어울리지 않는 낱말과 문장을 다른 것으로 대체하거나 문맥 밖으로 빼내야 하는 고된 작업이 동반된다. 말의 이합집산을 수없이 허물 수 있어야 빛나는 '글자들의 맥'이 흔들리지 않는 '의자'가 될 것이다. 이미 종이 위에 새겨넣은 말을 다시 파내는 일은 새겨넣는 작업보다 훨씬 어려운 일이다. 그것을 시인은 "입에서 모래를 쏟아"내는 일, 다시 쥐어짜고 털고 또 털어내는 일이라 말한다. “입속의 먼길”(「입속에 먼길이 생겼다」), “나는 오래전 나를 폐쇄하였다”(「실어(失語)」)는 구절들이 다 여기에 포함된다. 이로부터 박지웅의 시편이 갖는 밀도가 만들어진다. 그것은 “오랫동안 해온 일이다”. 오랫동안 해온 이 일이 그의 천직이라면 그는 또 구름의 맹지를 철필로 경작하며 수없이 많은 ‘검은 모래로 만든 의자’를 짓고 허물기를 반복할 것이다.

박지웅 부산에서 태어났다. 2004년 『시와사상』 신인상, 2005년 문화일보 신춘문예로 등단했다. 시집 『너의 반은 꽃이다』 『구름과 집 사이를 걸었다』 『빈 손가락에 나비가 앉았다』 산문집 『당신은 시를 쓰세요 나는 고양이 밥을 줄 테니』가 있다. 지리산문학상, 천상병시문학상, 시와시학 젊은시인상을 받았다.

문학동네시인선 157
나비가면

1판 1쇄 2021년 8월 16일
1판 2쇄 2021년 9월 6일

지은이 | 박지웅
책임편집 | 김영수
편집 | 이재현 강윤정
디자인 | 수류산방(樹流山房)
본문 디자인 | 유현아
마케팅 | 정민호 이숙재 우상욱 정경주
홍보 | 김희숙 함유지 김현지 이소정 이미희 박지원
제작 | 강신은 김동욱 임현식
제작처 | 영신사

펴낸곳 | (주)문학동네
펴낸이 | 염현숙
출판등록 | 1993년 10월 22일 제406-2003-000045호
주소 | 10881 경기도 파주시 회동길 210
전자우편 | editor@munhak.com
대표전화 | 031) 955-8888 팩스 | 031) 955-8855
문의전화 | 031) 955-3578(마케팅), 031) 955-2678(편집)
문학동네카페 | http://cafe.naver.com/mhdn
트위터 | @munhakdongne
북클럽문학동네 | http://bookclubmunhak.com

ISBN 978-89-546-8163-6 03810

* 이 책은 2017년 서울문화재단 예술창작지원사업의 지원을 받았습니다.

www.munhak.com
문학동네